덜 자란 어른의
감정 롤러코스터

덜 자란 어른의 감정 롤러코스터

발행일   2020년 1월 22일

지은이   블랙다이아
펴낸이   차석호
펴낸곳   드림공작소
출판등록   2019-000005호
주소   부산광역시 남구 수영로 298, 산암빌딩 10층 1001호 드림공작소
전화번호   010-3227-9773
이메일   veron48@hanmail.net

편집/디자인 (주)북랩
제작처   (주)북랩 www.book.co.kr

ISBN   979-11-967664-8-1 03810 (종이책)   979-11-967664-9-8 05810 (전자책)

이 도서의 국립중앙도서관 출판예정도서목록(CIP)은 서지정보유통지원시스템 홈페이지(http://seoji.nl.go.kr)와
국가자료공동목록시스템(http://www.nl.go.kr/kolisnet)에서 이용하실 수 있습니다.
(CIP제어번호: 2020002955)

블랙다이아 지음

덜 자란
어른의
감정
롤러코스터

인생의 강펀치를 맞고도
다시 일어설 수 있도록
회복탄력성을 키우는 법

드림꾸러미

추천사

누구나 인생을 살면서 반드시 마주치는 것이 아픔과 시련입니다. 이 아픔과 시련을 어떻게 바라보느냐에 따라 인생이 달라지기도 합니다.

아픔과 시련은 사람마다 차이가 있고, 내가 겪은 것 중에서도 차이가 있습니다. 이런 차이가 있지만 아픔과 시련을 헤쳐 나오지 못하는 사람은 절망 속에서 살아갑니다. 반대로 이것을 딛고 일어선다면 내 인생이 한 단계 더 업그레이드됩니다.

저도 10여 년 전 갑자기 찾아온 병으로 큰 아픔과 시련을 겪었던 적이 있습니다. 완치 확률 30%라는 말을 희망보다는 절망으로 받아들였습니다. 이 때문에 우울증까지 생기면서 주위 사람들과의 관계가 힘들었습니다. 당시 저도 선택의 갈림길에 섰는데 다행히도 주위의 도움으로 딛고 일어설 수 있었습니다.

아픔과 시련은 마주하는 사람에 따라서 절망이 될 수도 있고, 기회가 될 수도 있습니다. 인간은 수많은 아픔과 시련을 겪고, 수많은 눈물을 닦는 과정을 거치면서 성장하고 도약하면서 꿈을 이룹니다.

이 책을 읽는 독자들도 아픔과 시련을 겪고 일어선 블랙다이아의 이야기를 통해 멋지게 도약하기를 기원합니다.

-『1년 100권 독서법』 저자

차석호

프롤로그

내가 애정결핍이 있다는 사실을 알게 된 건 4년간의 연애와 2년의 결혼 생활을 끝내고 나서부터다. 늘 곁에 있을 거라고 생각했던 사람이 떠났다. 그의 빈자리는 우울증과 대인기피증으로 채워졌다.

스트레스가 극에 달했을 때마다 음식이 넘어가지 않아 요구르트 하나로 3일을 버티며 살았다. 이상한 꿈도 자주 꾸었다. 하루는 꿈에서 어떤 아기가 나를 불러서 따라갔는데, 꿈에서 깨 보니 나는 베란다 난간에 매달려 있었다. 너무 무서워서 주저앉아 울고 있을 때도 나는 혼자였다. 위로해 주는 사람 하나 없었다. 이혼 후 가족으로부터 돌아온 것은 '그러니까 이혼했지'라는 채찍질뿐이었다.

이런 불행에서 유일하게 나를 붙잡아준 것은 일이었다. 강사 생활은 나 자신을 다시 설 수 있도록 동기를 부여해 주었다.

2013년, 강의를 시작하면서 나는 스스로 지키는 것이 있다.

언행일치

어떤 실수나 실패로 인해 인생이 끝나지 않는다고 말하고 다녔었다. 희망을 가지라고 늘 긍정적으로 생각하라고 말했다. 그래서 나도 결혼 생활이 끝났다고 해서 인생을 끝낼 수 없었다. 내가 한 말은 지키고 싶었다.

강사라는 직업의 특성상 다양한 사람들을 만나고, 그들의 이야기를 들었다. 나는 아픔을 버티기 위해 일을 하면서 사람들의 생각을 끌어내고, 행동을 관찰했다. 나는 스스로 깨달음을 얻고 위로받으려 했던 것 같다. 물론, 이혼 후 대인기피증이 생겨서 사람을 만날 수밖에 없는 상황이 나에게 쉽지만은 않았지만, 극복 의지가 강했던 나는 희망을 가지기 위해 부단히 노력했다. 지나고 나서 보니 나 자신이 대견하기도 했고, 그렇게 애쓰는 나 자신이 불쌍하기도 했지만, 그런 시간이 나에게 약이 되었던 것은 분명하다. 나는 그동안 아픔을 훌훌 털어내고 지난날들을 반성하며 성숙한 인간관계를 만들고자 노력했다. 상대방을 있는 그대로 이해하고 존중하며 상대의 상황과 마음을 진심으로 공감해서 배려하는 법을 뒤늦게 배우고 실천하고 싶었다. 이를 통해 재활 치료하듯 나는 아픔을 건너가며 치유해 나갔다. 시간이 지날수록 바닥 쳤던 자존감을 다시 일으킬 수 있었고, 일에 대한 욕심도 생겼다. 꺼리던 운동까지 시작하면서 나 자신이 변화하고 있는 것을 느꼈다.

지금 나는 그 열정으로 다시 시작하는 출발점에 서 있다. 물론 우울증과 대인기피증을 완전히 치유한 것은 아니다. 문득문득 감정 기복이 생기고, 눈물샘이 터진 듯이 울기도 한다. 하지만 확실한 것은 나는 지금 극복해 나가는 과정에 있다는 점이다. 터널 끝에서 한 줄기 빛이 보인다.

이렇게 치유해 나가는 과정에서 나는 나와 다른 가치관과 다른 생각을 가지고 다른 행동을 하는 사람들을 만나고 관찰했다. 그렇게 만난 사람들의 이야기를 독자들과 공유하고 싶다. 나처럼 정신적인 트라우마 때문에 자책하거나 죄책감을 느끼고 있는 사람들에게, 자신을 찾는 것을 두려워하는 사람들에게 "괜찮다"라고 말해 주고 싶다. 과거로 인해 생긴 마음의 상처가 있는 사람에게 내가 만난 사람들의 일상이, 살아 숨 쉬는 하루들이, 꼭 한 줄기의 희망이 되기를 바란다. 아픈 나의 과거와 강의를 하며 만난 사람들이 주신 크나큰 깨달음을 전달하기 위해 이 책을 쓴다.

이혼뿐만 아니라 자존감을 갉아먹는 당신의 과거가 이제는 꼬리표가 아니라는 것을 이 책을 통해 깨달았으면 좋겠다. 나는 내가 만난 사람들이 준 현명함과 깨달음을 통해 독자들에게 스스로 지금도 충분히 아름다운 사람이라는 것을 전달하고 싶다. 그리고 독자들은 나의 이야기로

인해 본인다운 건강한 생각을 가졌으면 좋겠다. 마지막으로 이 책을 쓸
수 있도록 나와 함께하며 도와준 많은 사람에게 다시 한번 진심으로 감
사의 인사를 드린다.

목차

Part 1 사랑의 의미

Part 2 사과의 의미

가족의 의미

감정의 의미

공감의 의미

Part 6 갈등의 의미

Part 7 나다움의 의미

영향력의 의미

Part 1

사랑의 의미

다시 사랑한다는 건

"솔직하게 말해 줄 수 있어?"

술자리에서 만난 연하남이 물었다. 알게 된 이후로 아침마다 연락이 오고, 밥은 잘 먹었는지, 잘 잤는지를 물어오던 그의 마음을 나도 어느 정도 눈치를 챈 날이었다.

"나 어떻게 생각해?"

사랑은 타이밍이라는 말이 있다.

내가 그를 만났을 때는 이혼 후 시작했던 사랑과 끝난 지 얼마 되지 않았을 때였다. 남보다 더 못한 사이가 되어 버린 현실에 아파하고 있을 때였기 때문에 또다시 새롭게 알게 된 좋은 사람을 잃고 싶지 않았다.

"넌 참 좋은 사람이야."

그가 어떻게 생각할지 궁금했다.

"조금 더 감정에 솔직해질 순 없어? 벽이 느껴져."

나는 누군가와 깊은 관계를 맺는다는 것이 두려웠다. 어느 정도 선을 지켜 주면 나를 매우 밝고 좋은 사람으로 기억할 수 있다. 그런데 자주 연락하고, 나의 어두운 면을 보여 줬을 때 떠나간다는 것이 두려웠다. 그때는 타인의 시선을 매우 신경 쓰고 있던 때이기도 했다.

어쩌면 그가 느꼈을 벽이 당연했다. 사람을 좋아하면 그 감정을 느껴야 하는데 일단 감정을 느끼면 문제가 발생했을 때 해결하는 과정이 쉽지 않았다. 그래서 일에 점점 더 집중했고, 감정을 느끼지 않으려고 애썼다.

"좀 더 솔직해질 수 없어?"

그의 말에 조금 용기 내어 솔직해지기로 했다.

"들을 준비 됐어?"

그의 눈동자는 매우 초롱초롱해졌다.

"시작하는 마음은 같이 출발하는데 꼭 끝나는 마음은 항상 내가 늦었어. 슬프기보다는 늘 끝이 구질구질했던 나 자신이 싫었던 것 같아. 그게 그리고 일에 지장을 줬어. 그러다 보니, 감정을 나누는 게 너무 소모적이더라고."

"연애는 복잡하고 결과가 나와 있을 것 같은 거지? 좋고 나쁨의 양면성에 대해 너무나 잘 알고 있어서 두려움이 크다는 이야기야?"

"딱히 그렇다고 정의할 수는 없지만 네 말에 어느 정도는 공감할 수 있을 것 같아."

"그렇게 감정을 숨기는 너 자신에 대한 믿음이 일에 더 집착하게 하는 것 같아. 시간이 없다고 하면서 일하는 사람들이랑은 시간을 내서 만나잖아. 그 사람들은 감정을 섞을 수 있는 사람들이 아니니까."

발가벗겨진 것 같았다. 이혼 후 나에게 '사랑'이라는 이름으로 다가오는 사람들에게 거리감을 두는 것을 연습하고 있었다. 나 자신을 사랑하면 안 되는 여자로 구분 짓고 이별에 대한 상처가 무섭다는 이유로 깊은 관계를 멀리했다. 결혼 전에는 연애를 시작할 때도, 하다못해 연애가 끝날 때도 '이 사람은 나와 인연이 아니었구나', '사랑이라는 감정의 유효 기간이 끝났구나' 하고 말았었다. 하지만 이혼을 하고 난 후 '이별'에 대해 매우 민감하게 반응하게 되었다.

'만약 시작하게 된다면 내가 이혼녀로서 얻게 되는 위험은 무엇이고, 나는 그것을 상대에게서 극복할 수 있을 것인가?'

일레인 N. 아론의 책 『타인보다 민감한 사람의 사랑』에서는 환경에 대한 감수성은 친밀한 관계에서조차 심리적 불안을 겪을 가능성이 크다고 했다. 어쩌면 나는 이 말을 읽고 아직은 극복할 수 없다는 결론을 내렸을지도 모르겠다. 감정적으로 극복해야 하는데, 당시의 나는 이혼의 아픔을 극복하는 것만으로도 힘든 시기였기 때문에 다른 사랑으로 치유하려는 것보다 더는 아프지 않기를 바랐던 것 같다.

"그거 알아? 남자든 여자든 다 사람이야. 나는 정해진 출근 시간에 맞춰 일찍 자는 패턴이 있는데, 그래도 네가 좋아서 그 패턴을 조금씩 깨면서 보고 싶다고 하고 만나러 간다고 표현했어. 근데 그럴 때마다 일을 핑계로 밀어내면 좋아서 다가가는 마음도 용기를 내야 하는 상황으로 바뀌더라고. 요즘은 좋아하는 여자에게 적극적이면 스토커가 될 수 있는 시대니까. 네 마음을 알고 싶었어."

데이라잇의 『요즘 남자는 그렇지 않습니다』를 읽었을 때처럼 뜨끔했다. 남자와 여자를 다른 생명체라고 생각하지 말라고, 거기서 모든 오해와 논란이 발생한다고, 여자들이 자신에게 적극적으로 관심을 표현하는 남자에게 호감을 느끼듯 남자도 마찬가지로 자신에게 적극적으로 관심을 표현하는 여자에게 호감을 느낀다고.

"쉽게 시작하고 쉽게 끝내고 싶진 않아."

너무 성급하게 다가온 그에게 내가 바란 것은 내 곁에 있으면서 나를 기다려 주는 것이었다. 외로웠지만, 외로움 때문에 연애하고 싶진 않았기 때문이다.

하지만 내가 한 말의 뜻을 그는 오해하고 이야기했다.

"연애하고 싶지 않다는 그 뜻을 존중해. 그런데 나 많이 생각날 거야."

만약에 그가 많이 생각나면 나는 극복한 걸까?

길어진 시간이 필요했다.
속도의 차이라고 생각했다.

인연은 급하게 마무리되었다.

자연스러운 만남 추구

이별을 겪은 사람이 흔하게 듣는 말이 있다.

"시간이 해결해 줄 거야."

"사람은 사람으로 잊힌다."

나는 법원에 이혼 접수를 했다. 많은 사람이 행복해하는 크리스마스 무렵, 나는 혹독하게 외로움과 싸우고 있었다. 절대 떠날 거라고 상상조차 하지 않았던 6년의 나의 벗이 떠나갔고, 나는 의지할 곳 하나 없이 그렇게 홀로 크리스마스를 보냈다.

일주일 후, 나는 우연히 한 남자를 만났다. 그는 동안이었고, 첫인상이 여성스러웠다. 소주 한잔 기울이며 나는 그에게 푸념을 늘어놓았다. 전 남편에 대한 원망 섞인 목소리와 앞으로 살아갈 날에 대한 걱정, 그러면서도 희망을 잃지 않겠다는 다짐까지. 지금 생각해 보면 아무것도 모르는 그 남자 앞에서 별 이야기를 다 했다 싶다.

분위기가 무르익어 갈 때쯤, 소주 한 잔을 털어 넣으며 그가 말했다.

"저도 연애의 시작이 겁나요. 내 마음을 다 채워서 줬는데 그걸 엎어버리는 사람을 만날까 봐 사랑하기가 참 두려워요. 바보 같은 일을 또 당할까 봐."

아픔이 있는 나에게 그의 말은 매우 공감이 갔다. 이혼의 후유증으로 3개월 만에 18kg이 빠졌는데, 외모만 보고 접근해 오는 남자가 많았다. 하지만 '이혼녀'라는 내가 스스로 붙인 꼬리표를 달고 그들과 연애를 시작하는 것, 그리고 또다시 겪을 이별이 무서웠다.

"우리 여행 갈래?"

갑자기 훅 들어온 그의 한 방. 원래의 성격대로라면 어떻게 유교 문화에서 모르는 남자와 여자가 여행을 가겠냐며 거절했겠지만, 너무 아프고 외로웠던 그때 나는 잘못됐을지도 모르는 선택을 했었다. 숙소는 따로 잡기로 하고 우리는 그렇게 국내여행을 시작했다. 오랜만에 바깥 향기를 느꼈고 새로운 사람과 새로운 추억을 만들면서 웃음소리가 커졌다. 3일 동안 나는 행복감을 느꼈다.

여행의 마지막 날, 정신이 돌아온 나는 그에게 말했다.

"이제 연락하지 말아 줘."

이혼하고 난 후 웃고 있는 내 모습이 낯설었고, 이렇게 찾아온 행복함과 이별하는 것이 두려웠다. 이 사람을 계속 만나면 또다시 사랑이라는 것을 하게 될 것이고, 그러면 또다시 나는 이별의 두려움에 사무쳐 관계에 전전긍긍할 것만 같았다.

그의 눈가에는 눈물이 고였다. 그도 나와 같은 감정을 느낀 걸까? 아무 말도 하지 않고, 그는 나를 바라봤다.

여행의 마지막 날, 우리는 화개장터에 갔다. 전라도가 고향인 그와 경상도 여자인 우리에게 화개장터는 더욱 의미 있는 곳이었다. 차에서 내려 화개장터로 향하는 길, 한 아주머니가 내게 말을 했다.

"아가씨, 뭐가 그렇게 좋아 그리 크게 웃노? 같이 웃자!"

나도 모르게 내가 이혼녀라는 것을 잊고 '아가씨'라는 단어에 뒤를 돌아보았다. 그리고 내가 지금 진심으로 그 여행을 즐기고 있다는 것을 깨달았다. 문득 내 옆에서 이런 행복을 깨닫게 해 준 그가 고마웠다. 그도 나를 바라보며 슬며시 미소를 짓고 있었다.

여행을 다녀온 후 우리는 좀 더 가깝게 지냈다. 나도 모르게 또다시 '사랑'을 할 수 있겠다는 용기도 생겼다. 사람을 만나고 싶다는 욕심이 생기면서 나는 그에게 물었다.

"우리 무슨 사이야?"

그 질문을 기다렸다는 듯이 그는 웃으며 내게 말했다.

"우리? 같은 출발선에서 같이 시작하는 사이!"

같이 가 줘.
희미해 보이지만
너무 어렵고 무서운 길인걸.
불을 켜 줘.

- 소란, 「가장 따뜻한 위로」 중 -

미래를 만드는 현재의 선택

나는 어렸을 때부터 강해야 하고 이겨야 한다는 강박감이 있었다. 그래서 승부욕이 강하다는 소리도 들었다. 이혼하고 난 후에도 꼬리표를 이겨내기 위해 더 강해지려고, 성장하려고 했다. 그것이 나의 과거를 이기는 방법인 것 같았다. 나는 아픔을 극복하기 위해 더더욱 발버둥 쳐 왔다. 쉬지 않고 일했고, 내가 선택했던 방법들이 내 아픔을 치유해 주지 않으면 나는 스스로를 자책하며 마음을 다잡았다. 내가 하는 것들은 시간이 지나야 했고, 때가 있는 일이라는 것을 충분히 알고 있었지만 그 시간을 건디는 동안 나는 매우 고통스러웠다. 그 누구도 인정해 주지 않았기 때문에 강해져야 한다는 강박은 나를 더욱 외롭고 고독하게 만들었다.

이혼 후 자존감이 많이 무너졌고, 당당한 내가 되기 위해 성취감에 집착했다. 무엇이든 이루어내서 다른 사람들에게 이혼의 꼬리표를 감추고 독립적인 여자로 인정받고 싶었다. 혼자서 이루어내는 데 한계가 있었지만, 함께하려고 해도 다가가는 방법을 몰랐다. 피해의식과 열등감에 사로잡혀 거절당할 것이 두렵기도 했다. 그럴수록 사람들은 나에게서 더욱 멀어져갔다. 시간을 두고 천천히 가고자 혼자서 마음을 먹었지만 일을 처리해 나갈수록 급해지는 성격과 외로움에 예민해지기까지 했다. 생각해 보면 나는 그렇게 나를 감추며 스스로를 힘들게 만들었다. 그럴 때마다 전남편과 가족들을 원망했고, 나는 나의 이혼을 자책하며 우울한 시간을 보냈다.

그때 한 통의 메시지가 도착했다.

"나는 술을 마시며 시작한 우리의 인연에 대한 선택이 현재의 우리를 만들어 줬다고 생각해. 그런 거 있잖아. 당시에는 중요한 순간이라고 생각하지 않았는데 지나고 나서 보면 중요한 순간이었다고 생각들 때가 있는 것 같아."

나는 우리가 만난 날 같이 여행을 가기로 했던 선택이 현재의 우리를 만들어 줬다는 그의 글을 보고 얼마나 울었는지 모른다. 그는 나의 아픔을 잘 알고 있었고 얼마나 혹독하게 나를 짓눌러 가며 견디는지 옆에서 봐 온 장본인이었기 때문에 나를 토닥였다.

"지금 삶에 만족한다면 그게 어떤 선택이었든 분명 잘한 선택일 거야. 그러니 지금 네가 성취를 이뤄야 하는 이유가 있고 그 진로에 몰두하고 있다면 함께 하든 혼자 하든 자책하지 말고 너 자신을 믿고 그대로 추진했으면 좋겠어. 확신은 그 일이 지나 봐야 알 수 있는 거잖아. 누구도 미래에 대해서 100% 장담할 순 없어. 다만, 자기 자신을 믿고 그 길을 걷다 보면 원하는 걸 얻을 수 있을 거야. 설령, 얻지 못한다고 해도 분명 예상치 못하게 얻는 경험은 있어. 어쩌면 그게 자기가 원했던 것보다 더 큰 것일 수도 있고!"

다른 사람들은 이혼이라는 것을 실패라고 이야기하기도 하고, 나 또한 그 사람들의 말을 들으면서 오히려 사람을 못 믿고 피하면서 내

잘못을 반성하며 실패한 삶이라고 자책했다. 하지만 그는 사람들과 어울리지 못하는 나에게 틀렸다고 말하지 않았다. 어쩌면 나는 사람들에게 나에게 틀렸다는 말을 듣는 것이 두려웠는지도 모르겠다. 그 말을 이겨낼 힘이 없었으니까. 그의 말 한마디 덕분이었을까? 이혼 후 조금씩 성장했고, 조금 힘들지만, 전화위복의 인생을 살고 있다.

"목표는 있지만 두려움이 있기에 실행에 옮기기 힘들다는 거 네가 강의 때 한 말이잖아. 뭔가 이루고 싶은 게 많고, 충분히 이루어 가고 있는 과정인데, 그 두려움에 사로잡혀서 안 좋은 상황을 만들고 일어나지 않을 미래에 대해서 과거를 들먹여 가며 스트레스를 받는 거 같아. 조금 쉬어 가도 돼. 잠깐 스스로를 위로하고 호흡을 가다듬고 바쁘고 다급한 것에서 벗어나면 현명한 인생이 펼쳐질지도 몰라."

그는 끝까지 '내 편'이 되어 주었고, 내가 '틀렸을지도 모르는' 일의 지지 기반이 되어 주었다. 그리고 그는 나에게 말했다.

"가끔 철없는 길을 갈 때도 있어. 근데 그게 너잖아. 나름대로 머리 잘 식히면서 잘하고 있어. 나는 믿어. 지금 하는 일이 미래의 언젠가 정말 잘한 선택이었다고 말할 수 있을 날이 곧 올 거라는 걸."

지금은 비록 사람들과 깊은 관계를 맺는 게 어렵지만, 나를 믿어 주는 내 편이 있기에 그를 시작으로 많은 사람과 웃으며 어울릴 수 있는 미래를 만드는 지금 현재의 선택을 하고 싶다.

실수가 만든 우리지만
지금의 우리 관계는
실수가 아니잖아.

내 속엔 인사이드 아웃

'왜, 그럴 때 있잖아. 술을 먹었어. 그런데 술 취했다고 하기는 어렵고 그렇다고 술 안 취했다고 하기도 애매할 때.'

나는 술김에 남자친구에게 전화하는 것이 일상이었다. 용기 내서 할 말한다는 명목으로 술 취한 김에 섭섭한 일, 힘들었던 일을 모두 다 털어놓으면서 밤새도록 내 생각을 쏟아냈던 적이 많았다.

이혼 후 만난 연애 상대는 연하였다. 남자가 연상이 아니라 그랬는지 내가 누나 노릇을 해야 한다는 강박을 가져서인지 그와 사귄 기간 동안 절대 술에 취해 전화해 본 적이 없다. 하고 싶은 말은 많았지만 내가 술에 취해 전화했을 때 누나의 체면이 지켜지지 않는다는 것이 싫었다. 흔히 술을 먹고 새벽에 '자?'라는 메시지조차 쉽게 남기지 않았다. 술에 취해도 나의 흑역사는 그에게 보여 주고 싶지 않았다. 어차피 밤에 '자?'라는 메시지를 보내 봤자, 이불 킥 하는 과거를 남길 뿐이었으니까.

이혼 후 나는 술에 감정을 의존했다. 술을 마시면서 사람들과 크게 웃고 떠드는 것이 즐거웠고, 많이 마신 날은 집에 와서 크게 울었던 적도 있었다. 누구에게도 내비치지 못하는 나의 감정들을 술에 의존해서 많이 표현했다.

하루는 엄마와 이모와 함께 술을 마셨다. 그날도 어김없이 내 이혼 이야기가 술안줏거리가 되었고 아직 상처가 회복되지 않은 나는 또 르르 눈물이 났다.

"울지 마. 왜 즐거워야 하는 술자리에서 눈물을 흘려? 많은 사람 앞에서 울면 안 돼! 왜 너의 개인적인 아픔을 가지고 즐거운 사람들의 분위기를 망쳐?"

엄마가 어렸을 때부터 할머니의 눈물을 보며 자라온 장녀였던 탓일까? 딸에 대한 애틋함이 없었던 탓일까? 아니면 개인적으로 공감 능력이 부족한 탓일까? 어떻게든 엄마를 이해하려고 노력하며 나는 혼자서 내 감정을 표현하는 습관을 가지게 됐다. 술을 마시지 않았을 때는 더 심했다. 연인이 아닌 사람을 만나는 장소에서는 항상 긴장했다. 이런 나의 긴장한 모습을 보고 사람들은 아무것도 모른 채 "성격 좋다", "잘하고 있다"라고만 말했다. 이혼 후 나 자신이 결혼 실패자라고 생각했다. 그래서 감정을 드러내는 것도, 실수하는 것도 내게는 쉽지 않은 일이었다. 특히 감정을 드러내지 않고 무난하게 있는 것이 나의 인간관계에 좋은 영향을 미칠 거라고 생각했다.

특히 정을 나누지 않는 비즈니스의 관계에서는 감정을 표현하지 않고 긴장을 유지하는 정도가 컸다. 거리감을 둬야 한다고 믿었다. 그런데 시간이 지날수록 나답지 않은 모습을 보여준다는 괴리감이 생겼고, 완벽해야 한다는 강박관념에 사로잡혀 삶이 피곤해져 갔다. 감정에 지쳐 가고 혼자 우울해져 가는 시간이 늘어났다.

그때 든든한 연하남이 내게 말했다.

"내면의 자기 자신과 대화를 많이 해 봐. 내 안엔 수많은 내가 있잖아. 영화 〈인사이드 아웃〉에 보면 감정들이 서로 나와서 자기표현을 하잖아. 기쁨이, 슬픔이, 짜증이, 소심이 등 그 감정들과 대화를 하는 게 마인드 컨트롤이 아닐까 싶어."

내면의 너와 대화해 봐.

그 감정들과 대화해 보고
그 감정을 인정해 줘.

네 속의
기쁨이, 슬픔이, 짜증이, 소심이를
있는 그대로 봐 줘.

나답지 않게 나의 감정을 드러내지 않는 것이 이중적인 성격이 아니라, 내 감정들을 조절해서 갈등을 최대한 적게 발생시키고 나 자신에게 마음의 평화를 만드는 것이었다고 그는 말해 주는 것 같았다. 감정은 드러내는 것이 아니라 컨트롤하는 것이라고.

지지 기반

"나는 어떤 일을 시작하면 구상해. 그리고 그걸 목표로 두고 끝까지 해내면서 성취감을 느끼는 편이야. 그런데 너랑 무언가를 할 때 너는 그런 것 없이 즉흥적으로 성과를 내는 스타일인 것 같아. 나는 너랑 맞지 않아."

그렇게 또 내 인생에서 한 명이 떠났다. 이혼 후 나는 누군가와 관계를 맺고 그 사람이 나를 떠나가는 것에 공포가 있었기 때문에 그렇게 그가 떠나간 후 한참을 울며 자책했다.

'내가 관계를 못 하는 걸까?'

'나는 진짜 소통이 안 되고 사회성이 없는 걸까?'

나의 우는 모습에 오랫동안 나를 봐 왔던 그가 말했다.

"정이 많아서 그래. 넌 좋으면 앞뒤 재지 않고 정을 그냥 퍼줘. 너무 다가가지도 말고 적당히 거리감을 두면 힘들지도 무섭지도 않아."

'거리감…'

생각해 보면 나는 거리감을 생각할 겨를이 없었다. 사람과의 관계를 시작할 때는 거리감을 뒀지만 그 경계가 풀리면 나의 모든 면을 보여 주는 건 시간문제였다.

"나는 그 거리감 없는 한 사람이 필요한 거야. 지지 기반…"

"그 한 사람이 필요한 거라면 사회생활에서의 관계는 신경 쓰지 않아도 되잖아?"

문득 전 남편이 생각났다. 내 인생에서 가장 뚱뚱했던 시절, 그는 나를 가장 사랑해 주었다. 내가 무슨 말을 하고 무슨 행동을 하든 지지해 주었다. 지나고 나서 보니 그랬다.

"나는 나를 오롯이 믿어 줄 수 있는 지지 기반이 없어서 계속 다른 데서 갈구하나 봐."

계속 전 남편과 누군가를 비교하는 나를 보고 그는 소리쳤다.

"남자친구 있잖아."

나에게는 사랑하는 남자친구가 있었다. 그는 아주 솔직한 스타일이었다. 하지만 그 솔직함은 나에게 팩트 '폭행'이 되어 혼자 상처받는 일들이 많이 있었다. 이혼 후 연애 초반이었다.

"사랑에는 유효 기간이 있어. 그러니 언젠가 연애도 끝날 거란 걸 알고 있어야 해."

"나는 애인보다 나를 이때까지 알아오던 친구들이 우선순위에 있어. 네가 1순위가 될 수 없어."

"가족을 위해 희생해야 하기 때문에 나는 너랑 절대 결혼할 수 없어."

"사람 일은 어떻게 될지 모르기 때문에 미래를 약속하거나 확신하는 건 어리석은 짓이야."

그의 말이 모두 맞아서 반박할 수 없었지만 이별에 공포를 느끼고 있던 당시의 나로서는 그와의 거리감을 두는 것이 연애하는 동안의 숙제였다. 그래서였을까? 거리감 없는 한 사람이라는 말에 바로 그가 떠오르지 않았다.

"너는 나 말고도 챙길 사람도 많고 나를 책임지기에는 거리감을 두고 있어. 나도 너를 너무너무 사랑하지만 나도 사람이야. 다 느껴져. 그래서 어쩌면 그에게서 채워지지 않는 것들을 다른 사람이나 다른 일에서 채우려고 하나 봐."

나의 말을 들은 그는 덤덤하게 말을 이어갔다.

"지금 어떤 공포를 가졌는지 알아. 그리고 연애 초반에 했던 나의 실언들을 많이 반성하고 있어. 지금은 나는 네가 제일 가까운 사람이 됐어. 부모님보다도, 내가 가장 절친한 친구들보다도 네가 가장 가까운 사람이야."

"너에게서 느껴지는 거리감이 언젠가는 떠날지도 모른다는 불안감으로 다가와. 사람 관계가 너무 힘들어. 누구에게 얼마만큼의 거리감을 둬야 하는지 사람마다 다르니까 너무 헷갈려."

가슴이 아프면서도 이상하게도 그와 이런 이야기를 나누고 있는 순간, 행복감이 공존했다. 힘든 일이 생겼을 때 대화로 풀어나가고, 해결점을 찾아가는 우리의 모습이 좋았다. 어쩌면 이런 대화에 마음이 상할 수 있는 남자 친구와 여자 친구의 관계인데, 그는 상처 난 나의 마음을 풀어주기 위해 무던히 노력하고 있었다.

"나도 너처럼 힘들어할 것 같아. 누군가가 나와의 관계가 틀어져서 나를 떠난다는 건 정말 가슴 아픈 일이야. 나도 잠시 그런 시기가 있었어. 어렸을 때 친한 친구들이 연락이 뜸했고, 그렇게 멀어진 적이 있어. 그런데 마음을 줘서 떠나가는 게 아니라 내가 마음을 주는 거

랑 상관없이 그 사람만의 생활이 있어서 그런 거더라고. 내가 싫어서
가 아니라 나보다 좀 더 중요한 일이 있어서 그런 거더라. 모든 사람에
게 내가 우선순위가 될 수 없으니까 잠시 내 곁을 떠난 거야. 내가 또
순위가 올라가면 자연스럽게 내 곁에 다시 다가오더라고."

"나는 욕심 내는 게 아니라 하나만 있으면 되는데…."

"내가 네 곁에 있을게. 잠시 네가 멀어져도 나는 기다릴 거야."

이렇게 말해 주는 그가 고마웠다.

2년 전 우리는 시작했지만, 그는 쉽게 마음을 열어젖히지 않았다.
조금씩 조금씩 거리를 두며 마음의 문을 여는 그가 원망스럽기도 했
고, 그와의 연애가 너무 힘들었던 시절도 있었다. 만감이 교차하는
찰나에 그렇게 눈물을 글썽이고 있을 때 그는 나에게 물었다.

"왜 나 기다렸어?"

배를 타고 머나먼 나라를 항해하는 기관사였던 그는 3개월 정도 뜨
겁게 불타오르는 연애를 한 후 10개월간 배를 타러 다른 나라로 떠났
다. 결혼을 약속하지도 않았고, 미래가 불투명했던 우리 사이에 고작
3개월 연애 후 10개월의 기다림은 나에게 매우 힘들었다. 그렇게 10
개월 이후에 만났던 우리, 또 다른 시련으로 순탄하지 못한 연애를
이어 가고 있던 나날이었다. 그런데도 나는 그가 마음을 온전하게 열
기를 기다릴 거라는 희망을 품고 있었던 것 같다. 한참을 생각하다가
그의 질문에 답했다.

"의리를 지키고 싶었어. 너의 존재가 내 옆에 있다는 사실이 행복했
었거든. 내가 너무 힘들 때 내 옆에 있어 준 게 너잖아. 나는 그 고마

움에 대한 의리를 지키고 싶었고, 네가 배를 타는 동안 폐쇄적인 환경에서 적응하고 옆에 아무도 없는 게 외로울 것 같았어. 물론 혼자 잘지내는 걸 나보다 더 잘하는 사람이지만, 그래도 혼자 있는 건 외롭잖아. 그래서 내가 그 외로운 마음을 조금이라도 채워 주고 싶었어. 네가 나한테 외로움을 사랑으로 채워 줬으니까."

내 말을 찬찬히 듣고 있던 그가 말했다.

"그런 마음이 내가 사람에게 닫고 있던 문을 활짝 열게 한 것 같아. 나는 정말 너를 만나서 행운이야. 이번에는 닫혀 있는 너의 마음을 내가 조금씩 열어 볼게. 내가 진짜 잘할게. 행복하게 해 줄게. 나를 믿어 줘."

누구나 흔히 하는 말이었지만 그의 말을 믿고 싶었고 그가 든든했다. 서로의 기다림의 의미는 달랐고, 기다림 속에서 배운 것들도, 행동했던 것들도 달랐던 우리였지만 서로에게 조금씩 의지가 되는 기다림 속에서 그래도 아직 '사람을 믿고 싶다'는 희망이 현실이 되는 것 같다.

마지막 겨울 사랑에 아프고
사랑에 겨웠던 나를 다독여 준 무수한 밤들
매 순간 서툴고 어리숙한 나도
저 빈틈달이 저물면 어른이 될까요.

- 새봄, 「서른에게」 중 -

Elevator
Out of
Order!
Sorry for the
inconvenience

동상이몽의 치유

결혼 생활 중 나는 엄마, 이모와 함께 일주일간 싱가포르에 여행을 다녀온 적이 있다. 열심히 일하는 신랑을 두고 혼자 해외여행을 가는 것이 매우 미안했지만, 나를 배려해 주는 신랑이 너무 고마웠다.

싱가포르에 다녀온 후 나는 퇴근한 신랑과 싱가포르에서 있었던 이야기들을 도란도란 나누면서 잠이 들었다. 몇 년간 신랑과만 시간을 보냈던 나였기에 그 없이 다녀온 여행이 또 다른 경험이 되었고, 그 경험을 다시 그와 나누고 싶었다. 나는 대화하는 시간을 가질 수 있는 우리 부부 생활이 참 행복했다. 아쉽게도 우리는 행복한 부부 생활을 청산하고 이혼하게 되었지만….

이혼 접수를 하고 숙려 기간 때 나는 그에게 물었다.

"오빠는 결혼 생활 중에 언제 가장 힘들었어?"

"네가 싱가포르에 갔다 와서 밤에 잠 안 자고 계속 이야기할 때!"

너무 충격적이었다. 내가 결혼생활 중 가장 행복했던 때는 밤에 도란도란 이야기하면서 서로를 공유하던 시간이었기 때문이다.

"그럼 그때 말을 하지, 피곤하니까 자자고."

"그럼 네가 상처받잖아."

만약에 그가 그때 피곤하니까 자자고 했더라면 우리는 이혼을 하지 않았을까?

이혼 이후 나는 다시 연애를 시작했다.

"이상형이 뭐예요?"라고 묻는 그에게 나는 대답했다.

"대화가 통하는 사람이요."

이혼 이후 나에게 대화가 통한다는 것은 자신의 의견을 표현하면서 서로 맞춰 가며 조율해 나갈 수 있는 사람이었다. 나는 운이 좋게도 대화가 잘 통하는 그를 만났고, 우리는 잘 조율해 나가면서 연애를 했다.

12시가 넘은 새벽 1시 30분, 우리는 오랜만에 창업, 미래, 해양도시 부산이라는 주제로 굉장히 건설적인 이야기를 하고 있었다. 2년을 만난 그와 도란도란 이야기할 수 있는 것이 행복했다. 그때 그가 말했다.

"우리 굉장히 오랜만에 늦은 시간까지 대화하네. 요즘 내가 일찍 자고 먼저 잠들어서 미안해. 나도 너랑 늦게까지 대화하는 시간이 참 좋은데 잠이라는 본능은 이길 수가 없네. 서운하지 않았어?"

비틀거리던 내 발걸음도
그늘 아래 드리운 내 눈빛도
아름답게 피어나길

- 잔나비, 「뜨거운 여름밤은 가고 남은 건 볼품없지만」 -

나는 왈칵 눈물이 쏟아졌다. 우선 내 마음을 알아줘서 고마웠고, 내가 느끼는 행복이라는 감정을 똑같이 느끼고 있다는 걸 알게 되어 좋았다.

그와 동시에 옛날 생각이 났다.

'어? 그런데 이상하다. 이 사람이 나한테 피곤해서 대화를 못 한 거라고 했는데도 나는 아무렇지 않은 건가?'

두 사람이 대화를 나눈다는 것이 누군가에게는 행복이었을 때 누군가에게는 불행이었는데, 다른 두 사람이 대화를 나눈다는 것은 두 사람 모두에게 행복일 수도 있었다.

치유되는 느낌이었다. 안 맞았을 뿐이라고, 괜찮다고 하는 것 같았다.

"나는 네가 이 시간까지 나랑 대화할 수 있는 사람인 것에 감사하고, 우리의 대화에서 같은 행복을 느끼고 있다는 것에 감사하다. 우리 딱 1시 40분까지만 대화하고 내일을 위해서 잘까? 우리에게는 또 다른 오늘이 앞으로 있을 거야."

나는 그날 확신했다.

그때 그가 피곤하니까 자자고 했었다고 해도 아마 나는 상처받지 않았으리라는 것을….

Part 2

사과의 의미

이상한 교통사고

보란 듯이 잘 살고 싶었다. 그 방법 중 하나는 일에 미쳐 성공하는 것이라고 생각했다. 그래서 아침부터 밤늦게까지 몸을 혹사해 가며 일하던 때가 있었다. 하루에 강의 2~3건은 기본이었고 주말도 없이 일했다. 몸살이 왔을 때도 강의하는 각 지역의 병원을 돌며 링거 투혼으로 버텼고 이것이 잘 살고 있는 것이라고 스스로를 위로하며 살았지만, 몸과 마음이 지칠 대로 지쳐 갔다.

어느 날, 나는 운전 중에 잠시 다른 생각에 빠졌다. 눈 깜빡할 사이에 사고가 났다. 다행히 가벼운 접촉 사고였다.

"죄송합니다. 죄송합니다. 죄송합니다."

나는 연신 고개를 조아리며 사과했다.

혼자서 해결해야 한다는 두려움과 사고가 났다는 당혹스러움에 나는 어쩔 줄 몰랐다. 보험사에 전화하고 하나하나 해결을 해 나갈 때 피해자가 말했다.

"명함 있으면 하나 주세요."

다행히 교통사고 처리는 잘 마무리되었다.

며칠 후, 모르는 번호로 카카오톡 메시지가 도착했다.

"안녕하세요."

사람에 대한 의심이 많았던 나는 카카오톡 프로필 사진과 상태 메시지를 모두 확인하고 답장을 보냈다.

"누구세요?"

"며칠 전에 접촉사고 났던 사람입니다. 기억하세요?"

교통사고의 후유증이 걱정되었던 나는 의심을 거두고 대화를 이어나갔다.

"네, 혹시 무슨 일 있으신가요?"

"계속 눈에 밟혀서요."

그녀는 내가 교통사고를 내고 나서 계속 보험사 직원에게 과하게 사과하는 행동들을 보면서 대화를 해 보고 싶었다고 했다.

"제가 사람을 많이 만나 봐서 아는데, 그쪽이 100% 과실은 아니었잖아요. 사과하는 모습이 계속 눈이 밟혔어요."

"습관이에요."

인정하고 싶지 않았던 나는 다소 공격적으로 답했다.

'일도 바빠 죽겠는데, 빨리 아프다는 이야기를 해야 돈을 부치지!'

예민할 대로 예민해져 있는 나에게 그녀의 답장이 왔다.

"너무 앞만 보고 있는 것 같아요."

'이 사람이 무슨 소리를 하는 거지? 사과하는 모습을 보고 왜 앞만 보고 있다고 말을 하지? 앞뒤가 안 맞잖아!'라고 말하면서도 발가벗겨진 기분이었다.

"자기 자신에게서 벗어나세요."

뚱딴지같은 소리를 늘어놓는 그녀에게 화가 났다.

"무슨 말씀 하시는 건지 잘 모르겠네요. 교통사고의 후유증이 없다면 이런 일로 연락하지 말아 주셨으면 좋겠습니다."

그녀는 더 이상 답장을 하지 않았다.

그런데 며칠 동안 그녀의 말이 내 머릿속에서 떠나지 않고 맴돌았다.

'너무 앞만 보고 있는 것 같아요. 자신에게서 벗어나세요.'

하루는 술을 한잔 하고 용기 내어 그녀에게 연락했다.

"교통사고를 냈던 사람입니다. 몸은 좀 괜찮으세요? 며칠 동안 궁금한 게 있었어요. '너무 앞만 보고 있는 것 같다', '자신에게서 벗어나라'는 말이 무슨 뜻이었나요?"

그녀는 칼같이 답장을 보내 왔다.

"정신적으로 육체적으로 매우 위험해 보였어요."

사람들이 정신이 피폐해졌을 때 해답을 찾기 위해 점집을 가는 게 이런 느낌일까? 아니면 술기운이었을까? 나도 모르게 그녀와 대화를 이어 나가고 있었다.

"제 말투가 공격적이었고, 제 뜻대로 안 되면 화부터 냈죠. 그 사람이 아마 많이 상처받았을 거예요. 그걸 최근에 깨달았어요. 피해자라고 생각했었는데 가해자더군요. 함께 살 때도 미안하다는 말을 잘 못했어요. 성향이라고 생각했는데, 잘못이더라고요. 그래서 미안하다는 말을 습관적으로 더 많이 내뱉는 것 같아요. 그걸 보신 것 같네요."

그녀에게 보낸 나의 카카오톡 메시지의 '1'은 지워지지 않았다. 그녀의 답장을 기다리다가 잠이 들었는데, 다음 날 아침 일어났을 때 꿈을 꾼 기분이었다. 지금까지 그녀는 답장이 없다.

하지만 그날 이후 나는 용서받은 기분이었다. 내가 이혼을 하기 전에 공격적이었고, 그래서 상처를 줬다는 것에 대해 사과할 방법이 없어 자책하고 있었는데, 나의 과거와 잘못을 인정했더니, 한결 마음이 가벼워지는 느낌이었다.

물론, 당사자에게 직접 사과한 것이 아니기 때문에 용서를 받지 못한 것일 수도 있지만, 최소한 나의 자책에서는 조금 벗어날 수 있었던 것 같다. 이 사건은 나의 인생에 여전히 미제사건으로 남아 있다. 하지만 이 사건 이후로 나는 앞만 보지 말라는 그녀의 말, 그리고 자기 자신에게서 벗어나라는 말의 뜻을 이해할 수 있게 되었다.

따뜻한 봄날, 나는 용서를 받고 원망의 마음을 덜었다.
나는 그렇게 그에게서 나를 놓는 연습을 시작했다.

미안하다는 말의 의미

이혼 후 가장 반성했던 것은 말을 예쁘게 하지 않고 상대방의 탓만 했다는 것, 해야 할 말은 무슨 일이 있어도 꼭 했다는 것이었다.

"나만 잘못했어?"

"나는 미안하다는 말 잘 못 해."

이런 모난 성격 탓에 우리는 참 많이 싸웠었다. 내 말은 날카로웠고 남 탓을 많이 했다. 나는 그것을 촌철살인이라고 생각했다.

이혼 후, 조금씩 반성을 하며 어른 흉내를 내어 갈 때쯤, 나는 20대 초반 위주로 구성된 대외활동에 참여했다. 30대는 나 혼자뿐이었는데, 그래도 모임의 29살 리더와 소통을 하며 그 모임에 적응했다.

그 모임의 리더였던 그는 사람을 참 좋아하고, 특히 사람 만나는 것을 즐겼다. 그는 상대를 있는 그대로 바라보며, 다른 사람들에게 거리낌 없이 다가갔다. 나는 그런 그가 부럽기도 했고, 멋있어 보였다.

당시 사람에 대해서 의심이 많았던 나였는데, 나에게 적극적으로 다가와 준 그에게 나도 모르는 사이 마음을 열었던 것 같다. 어느새 나는 그와 매우 친해졌고, 우리는 대화가 잘 통하는 친구가 되었다. 시간이 흐르면서 내가 대외활동에 참여하는 목적이 그와의 인연을 이어 나가기 위한 것이 될 정도였다.

그 대외활동은 시작 단계였기 때문에 후원하는 단체가 없었고, 모임을 이끌어 나가기 위해서는 구성원들이 각자 조금씩 회비를 내야 했다. 15명 중 수입이 있는 세 명을 제외한 나머지는 대학생이었기 때문에 최대한 부담이 없도록 2만 원씩 회비를 걷었고, 그 회비는 모임의 운영비에 사용했다.

'내가 대학 때 돈이 없어서 선배들이 맛있는 거 많이 사 줬었는데…'

그 모임에서 나는 맛있는 것을 사 주는 수입 있는 선배 역할이었다. 그래서 그 모임을 갈 때마다 나는 사비로 구성원들을 챙겨 먹였다.

그렇게 모임의 형태가 잡혀갈 때쯤 우리는 청년들을 위한 행사 하나를 기획하게 되었다. 사소한 고민을 이야기하고 서로 나누어 보는 강연 행사였다. 행사 이후 갈등이 시작되었다.

"제가 낸 회비 2만 원이 엉뚱한 데 쓰이고 있는 것 같습니다. 회비 사용 내역 공개하세요."

행사 다음 날, 행사 공간에 대해 불만을 품고 있던 21세 그녀가 뜬금없이 의견을 냈다. 그랬더니, 하나둘씩 불만을 쏟아내기 시작했다. 이미 담합을 한 상태가 보였다. 나는 조용히 설전이 벌어지고 있는 카카오톡 단체 대화 150개를 천천히 읽어 내려갔다. 의견을 내는 것은 마땅히 누려야 할 권리였지만, 이미 5명 정도 편을 만들어서 리더를 몹시 나쁜 사람으로 몰아가는 예의 없는 행동이 거슬렸다. 모든 책임을 그에게 전가하고 조건 없는 보상을 바랐다. 이것을 보고 나도 모르게 나의 꼰대 기질이 나왔다.

'그래도 리더가 너희랑 7살 이상 차이 나는 사람이야!'

나는 우선 리더를 나쁜 사람으로 몰아가는 카카오톡 대화방의 분위기를 제압하려 했다.

"대외활동을 시작하면서 그 활동에 대한 규칙을 숙지하고, 리더의 말에 따르는 게 예의 아닌가요?"

사실 명확한 꼰대였다. 의견을 내는 것에 대한 무례함을 지적하는 것이 아니라 무조건 따라야 한다는 것을 주장했다. 그들의 공격은 나에게로 향했다.

"돈을 버니까 2만 원은 별거 아니라고 생각하시나 본데, 대학생인 우리에게는 2만 원이 크고요. 열악한 행사 공간에 대해서는 돈을 아끼시고 저희가 낸 돈을 투명하게 쓰고 있지 않은 것 같습니다. 가치 있게 회비를 쓰는 모습을 보여 주시길 바랐습니다. 그냥 돈 돌려주세요."

그들의 의견이 무조건 틀린 말은 아니었다. 하지만 대화창 내의 비꼬는 말투와 무례한 어투는 문제가 있다고 생각되었다. 그렇게 공격적인 설전은 하루를 넘겨 새벽 4시까지 이어졌다. 직장인이었던 리더는 그다음 날 출근까지 해야 했는데, 그 아이들의 말을 다 듣고 하나하나 대답해 가며 오해를 풀기 위해 노력하고 있었다. 나 또한 자지 않고 그들의 모습을 계속 지켜보았다. 무엇보다도 자기보다 어린 사람도 존중하며 대화로 풀어나가는 리더의 모습이 존경스러웠다.

그런데 너무 오래 대화를 했던 것일까?

"우리 돈 가지고 무슨 짓을 하려고 했던 거야? 돌려달라니까!"

결국 막내가 이성을 잃었다. 나는 개인적으로 막내에게 메시지를 보냈다.

"너의 의견이 수용되지 않는 것에 대해서는 조금 더 진지하게 대화하면 충분히 풀어질 수 있을 것 같아. 그런데 새벽 4시까지 밀어붙여서 무례함을 내비치는 건 너답지 못한 것 같네. 우리 앞으로 잘해 볼 사이인데, 너무 늦은 시간까지 열 내지 말고 만나서 대화로 풀면 안 될까?"

감정을 꾹꾹 눌러 담고 최대한 이성적으로 보냈지만 막내에게서 이런 답장이 왔다.

"꼰대는 가만히 계시죠? 괜히 끼어들어서 분란 일으키지 말고 자요. 힘도 하나 못 쓰면서."

매우 충격적이었다. 심장이 덜컹거리고 화가 올라왔지만, 12살 어린 띠동갑이라 나도 같이 무례한 사람이 되고 싶지 않았다. 밤이 새도록 막내의 무례함은 끝날 기미가 보이지 않았다. 쭉 지켜보던 나는 조용히 단체 카카오톡 방에 2만 원을 던지고는 "돈 줄 테니 나가"라며 무시하듯 말했다. 돌아온 대답은 더 충격적이었다.

"나는 언니한테 받을 생각 없으니까 돈 자랑하지 말고 넣어둬요. 리더한테 받을 거예요. 그리고 리더는 우리 돈 떼먹으려고 했던 거 사과하세요. 사과하란 말이야!"

막 나가는 막내의 말에 같이 편(?)먹었던 아이들도 더는 말이 없었다.

20분쯤 지났을 때 리더가 장문의 메시지를 올렸다.

"여러분, 미안합니다. 여러분이 원하는 사과는 이 자리에서 하고,

회비 2만 원은 제가 개인적으로 모두 돌려드리겠습니다. 밤늦은 시간까지 의견을 내주셔서 정말 감사하고 이때까지 리더인 저를 믿고 행사를 치를 수 있게 도와주셔서 고맙습니다."

나는 곧바로 그에게 메시지를 보냈다.

"네가 왜 사과해? 네가 왜 미안하다고 하냐고? 네가 잘못한 게 뭐가 있어? 오해잖아. 그럼 모임에도 마이너스가 되고, 너는 이미지에 타격이 오잖아. 넌 그런 사람이 아닌데. 나는 너의 그 모습에 억울해서 눈물이 나."

미안하다는 말을 들어야 하는 입장에서 무례한 아이들에게 오히려 사과하는 그의 모습을 보고 나도 모르게 눈물이 났다. 이런 나의 모습을 보고 그는 말했다.

"박수도 마주쳐야 소리가 나잖아. 그들로서는 내가 사과할 일이라고 생각해. 이 사과로 용서하면 고맙지. 그런데 미안하다고 말한 나의 의도는 하나가 더 있었어. 나는 남은 사람들과 내 모임을 지키고 싶어. 내가 사과하지 않았을 때 모임을 나갈 아이들이 퍼트리는 악성 루머 때문에 이 모임에 속할 내 사람들이 상처받을 모습이 싫어. 그들이 원하는 사과는 했고, 그들은 나가지만, 남아 있는 구성원들이 오해였다고 믿어 주면 나는 100번도 더 미안하다고 할 수 있어. 우리 모임을 지키고 싶어서 한 행동이니까 너무 억울해하지 마. 내 편이 되어 줘서 고마워."

어른스러운 그의 모습에 나는 더 눈물이 났다.

과거 연애하면서 옛 연인들은 나에게 "넌 미안하다는 말을 절대 안

해"라는 말을 많이 했다. 미안하다고 말을 하면 지는 것 같았고, 미안하지 않은 일을 사과하는 것은 진실하지 못하다고 생각했다. 하지만 이번 사건을 통해 나는 미안하다는 말의 결과가 무엇인가를 지키는 말일 수 있다는 것을 깨달았다. 그리고 미안하다고 할 수 있는 용기를 배웠다.

술을 보는 사람은
내 사랑을 지키기 위해
미안하다는 말을 하려라고요.

나무만을 보았던 나는
그에게서 사과의 의미를 다시 배웠어요.

내 안의 위로

4박 5일 일정의 진로 캠프를 진행한 적이 있다. 첫날 저녁부터 운영 본부가 매우 소란스러웠다. 소란을 피우고 있던 학생 둘은 첫 만남에서부터 인상을 쓰고 있었던 형제였다.

나는 그들을 처음 봤을 때 친해지기 위해 농담을 던졌었다.

"웃는 게 예쁘다. 안 웃으면 무섭게 생겼으니 좀 웃자."

정황을 들어보니, 캠프 일과가 끝난 저녁에는 휴대전화를 자유롭게 사용할 수 있도록 해 주겠다는 조건으로 캠프에 억지로 끌려온 모양이었다. 그런데 캠프를 운영하는 입장에서는 휴대전화를 30분만 사용할 수 있도록 하겠다고 했으니 원칙을 지켰고, 형제들은 약속이 지켜지지 않은 것에 분노해서 퇴소하겠다고 하는 상황이었다.

캠프는 이사장님 아래에 학생을 섭외하는 담당자와 캠프를 운영하는 담당자가 있었다. 캠프 진행을 위해 투입된 나는 말단 강사일 뿐이었기에 그 난리 속에 학생들과의 소통은 어려운 상황이었다.

오후 9시쯤 동생의 소란이 시작되었고 담당 강사였던 나는 그의 화를 가라앉히기 위해 그의 숙소로 향했다. 이미 화가 끝까지 나 있었던 그는 내게 "선생님이랑 이야기하기 싫어요. 선생님은 아무것도 모르고 힘도 없잖아요"라고 하면서 오히려 담당자와 사건을 해결하고 싶다고 했다. 아이의 발언에 나는 잠시 당황했다. 자기를 달래 달라는 말이 아니라, 진심으로 문제를 해결하고 싶어 한다는 것이 느껴졌기 때문이다.

그 와중에 사춘기라는 게 무서운 건지 가정환경이 잘못된 건지 요즘 사람을 관찰하고 있는 나에게 매우 아쉬운 상황이 벌어졌다. 형이 어머니를 소환시키며 사건을 해결하고 싶어 했고, 전화가 연결되었을 때, 형에게 어머니는 "동생을 달래고 있는 분은 누구서?"라고 물었다.

형은 짜증 섞인 말투로 "몰라, 일용직…"이라고 했다.

상처가 되기보다는 어떤 환경에 문제가 있었을까 매우 궁금했고, 저렇게 된 아이들을 보면서 매우 안타까웠다. 결국 사건이 해결되지 못했던 첫날, 아이들은 휴대전화도 뺏기고 아무 소득 없이 그렇게 하루를 보냈다. 씩씩거리는 아이들을 숙소로 들여보내고 나는 다시 어머니와의 통화를 시도했다. 어머니는 죄송하다고 하면서도 약속을 지키지 않은 것에 대해 화가 난 아이들의 마음을 어루만져 주라고 부탁하셨다. 그러면서 형제를 대하는 아버지의 강압적인 태도가 아이들이 폭발할 수밖에 없었던 상황이었음을 대충 설명해 주셨다. 어머니의 통화에서 아버님의 표정과 인상이 그려졌다.

다음 날, 캠프 운영진은 문제를 해결해 달라고 아우성인 아이들을 휴대전화로 게임을 하고 싶어 하는 문제아로 낙인찍은 것 같았다. 그런 것도 모르고 친구들 사이에서 어제 무슨 문제가 있었느냐는 듯 발랄하게 웃고 있는 아이들을 보고 있자니 한국의 제도적 특성과 나이에 대한 제한으로 그들의 의견을 수용하지 못하고 조율할 수 없었던 어른의 한 사람으로서 매우 미안했다.

다행히도 이사장님은 담당 교사들에게 학생당 한 명씩 상담하라고 했다. 나는 형과 동생을 따로 불렀고, 눈 맞춤을 하며 눈높이를 맞췄다. 그리고 사과했다.

"선생님이 어른을 대신해서 사과할게, 미안해!"

약속을 지키지 못한 것, 그리고 그 아이들이 캠프에 오기 싫어했던 그 감정을 이해하지 못하고 무리하게 친해지려고 다가간 것을 인정했다. 그들의 마음을 헤아리려고 노력했다. 그저 어린아이처럼 휴대전화를 사용하기 위한 투정이 아니라 자유를 주는 것을 원하고 약속을 지키는 것을 원했던 아이들이었다. 문제를 일으킨 것이 아니라 정당함을 요구했다.

하지만 모순적이게도 나는 캠프를 진행하는 강사로서도 내 몫을 해야 했다. 나는 물었다.

"휴대전화를 왜 수거할까?"

아이들은 밤에 잠을 자지 않고, 핸드폰 하는 시간이 길어지면 4박 5일 일정에 무리가 있다는 것을 너무나도 잘 알고 있었다.

나 또한 하나의 이유를 제시했다. 진로 캠프란 진로에 대해 탐색을 하고 자기 자신을 이해하는 시간이기도 하지만, 지금 단체 생활을 하며 다른 사람들과 함께 살아가기 위한 훈련이라는 것을 설명했다. 내가 휴대전화를 사용함으로써 타인의 잠을 방해하거나, 서로의 휴대전화를 비교하게 되는 데서 오는 열등감이 생길 수도 있다는 말도 덧붙였다.

투정이 아닌 문제 해결을 원했던 아이들이었기에 나의 말에 수긍해 줬다. 생각하지 못한 부분이었다며 오히려 "죄송하다" 했다. 나는 눈물을 꾹 참았다. 미안하다는 사과는 내가 해야 하는데, 죄송하다며 고개를 숙이는 아이들의 모습에 더 미안했다.

화가 난 아이들의 감정은 차분해졌고, 서로의 원하는 점을 말하기로 했다. 나는 우선 30분의 휴대전화 사용 시간을 1시간으로 늘리는 것을 책임지겠다고 약속했다. 내 마음을 알았는지, 형은 쉬는 시간에 읽을 수 있는 책을 달라고 했다. 다음 날, 나는 호텔을 뒤져 책이 있는 사람에게 책을 달라고 하고, 근처 도서관에 가서 빌려 4권의 책을 전달했다. 어떻게 해서라도 약속을 지켜 어른들에 대한 원망과 불신을 조금이라도 줄여 주고 싶었다.

너는 내가 흘린 눈물보다 더 적게 울고
내가 웃은 웃음보다 더 많이 웃었으면 좋겠다.

나는 진심 어린 애정보다는 경제적으로 부족함 없는 가정환경에서 자랐다. 나 또한 청소년기에 어른과의 문제가 많았다. 그런 나의 성장 과정에서 애정이 결핍된 아이들을 어루만져 주는 것이 나 자신을 위로하는 방법이었는지도 모르겠다.

그날 이후, 아이들은 오히려 솔선수범해서 캠프에 적극적으로 임했다. 춤도 추고, 밝게 웃었다. 사랑이 필요했던 아이들이었다. 진심으로 즐겁게 캠프에 임하는 그 형제들과의 추억이 '어른'이라는 이름 안에 있는 내 안의 '아이'에게 주는 위로가 되었다.

화해의 손길

"나한테 할 말 없어?"

"미안해."

그와 만난 것은 2018년 5월에 한 대외활동 단체였다. 대외활동을 하면서 울고 웃고 애틋해졌고, 기쁨과 슬픔을 함께 나눴다. 희로애락의 롤러코스터를 짧은 시간에 같이 탄 것 같은 사이였다. 내가 사람에게 마음을 많이 닫고 있었을 때 자연스럽게 스며든 몇 안 되는 사람이었다. 그가 나와 함께 일을 하고 싶다고 했을 때 내가 흔쾌히 그와 손을 잡았던 이유도 이것이었다.

하루는 업무차 출장을 나갔던 그에게서 전화가 왔다. 어렵게 지출 업무에 대한 가격을 흥정하고, 필요 서류도 모두 갖춰서 결제만을 남겨 둔 상황이었다.

"나 지금 강의 중이야. 나중에 주겠다고 먼저 일을 처리해달라고 부탁해 줘."

나는 무조건 결제를 할 예정이었고 잠시 시간이 미뤄지는 것으로 생각했다. 그리고 업계에서도 이런 상황이 많이 발생했었기 때문에 대수롭지 않게 여겼다. 하지만 이 일을 처음 해 보는 그의 생각은 달랐다.

"거래처에서 우리 요구사항을 모두 수용하고 우리 편의까지 봐줬는데 결제까지 늦어진다고 말을 했더니 너무 난감해하더라."

나는 억울한 마음에 조금 예민하게 반응했다.

"내가 결제를 하지 않을 것도 아니고, 너는 왜 나를 못 믿어? 강의 중이었으니까 양해를 구한 거잖아."

충분히 서로의 상황을 이해할 수 있는 입장에서 우리는 서로 예민하게 반응했다. 결국 하지 말아야 할 말이 오갔다.

"너는 왜 말투가 그래? 예의 없게 그런 식으로 말하지 마."

"네가 싫으면 말아! 넌 잘못한 거 없어? 네가 먼저 사과해."

평소 우리는 갈등이 일어났을 때 이러지 않았는데 그날은 가장 현명하지 못하게 대처했던 날이었다. 주제가 아니라 말투나 억양을 지적하고, 잘잘못을 따지며 이야기했다. 두 사람 모두 감정이 격해져 결국 내일 이야기하자는 말로 급하게 대화를 마무리 지었다.

다음 날 교육 기획 회의를 위해 우리는 다시 모였다. 무표정으로 서로의 눈치만 보고 일과 관련된 대화만 딱딱하게 이어 나갔다. 아마 서로 불편한 분위기를 감지한 듯했다.

그는 "밥 먹었어? 나 먹고 왔는데, 너 안 먹었을 거니까 시켜 먹자!"라고 했다.

사실 입맛이 없었지만 그가 내미는 화해의 손길이었다. 그리고 그가 펼친 것은 우리가 같이 만들자고 했던 강의안에 대한 초안이었다. 결국 '나는 노력했다'는 것을 그가 행동으로 보여 주는 두 번째 화해의 손길이었다.

마음이 이미 풀려 버린 상태였지만, 마음이 풀렸다는 것을 어떻게 표현할까 고민하고 있었던 그때 그는 삼단 콤보로 세 번째 화해의 손길을 보냈다.

"맥주 먹고 싶다!"

평상시 술을 좋아하지 않는 그였지만, 같이 술을 먹자고 제안한 것이다. 그도 기분 나빠서 마음을 풀어주길 바랐을 텐데…. 내 마음을 먼저 헤아려 주고 먼저 손을 내밀어 준 그가 고마웠다. 하지만 어떻게 말을 해야 할지 떠오르지 않았다. 나는 화가 풀린 얼굴로 퉁명스럽게 그를 보며 말했다.

"나한테 할 말 없어?"

툭 던진 나의 말에 그는 귀여운 표정을 지으며 말했다.

"미안해."

그의 표정에 나는 웃음이 터졌다.

"사실 화해의 손길이라는 거 알고 있었어. 내가 더 미안해. 앞으로 감정적으로 말을 사납게 하지 않을게. 내 입장에서만 생각하지 않고 앞으로 네 감정도 존중할게."

우리가 싫어했던 행동을 했던 나에게 내가 좋아하는 행동으로 화해의 손길을 내밀어 준 그가 참 고마웠다.

나의 작고 사소한 것들에
신경 쓰고 기억해 주는
너의 화해의 손길에 미안했다.

그리고 참 고마웠다.

Part 3

가족의 의미

훗날 꼭 같이 웃자

3월 나는 신입생 적응 교육 프로그램을 진행한 적이 있다. 대학에 적응하지 못하는 1학년 신입생들을 위해 무사히 졸업할 수 있도록 학교 자체에서 기획한 프로그램이었다.

개인적으로 내가 20살 때는 4년 동안 학교에 잘 적응하고 학교 캠퍼스의 낭만에 대해 환상을 가지고 입학을 했고, 낭만적인 대학 생활의 추억이 많다. 친구들과 친해지는 것은 물론이고 많은 교내 활동을 하면서 지금도 그 추억으로 살아가고 있다.

그런데 이런 추억 만들기를 학교에서 기획할 정도라니, 처음에는 조금 놀랐다. 나는 내가 추억을 만들었던 것처럼 교내에서 학교 친구들과 추억을 쌓을 수 있는 활동을 강의 프로그램으로 구상했다. 총 3회로 구성해 간호학과와 임상병리학과, 물리치료학과 등 보건계열 학생들과 함께했다.

그중 가장 기억에 남는 친구는 어떤 여학생이었다. 그녀는 첫 수업 때부터 굉장히 활발하고 목소리도 컸으며 적극적이었고 수업 분위기를 밝게 이끄는 학생이었다. 강의를 다니다 보면 유독 끌리는 교육생이 있는데, 그녀는 첫인상은 밝으면서도 우수에 찬 맑은 눈이 예뻐서 정이 가는 학생이었다. 그녀 덕분에 프로그램의 분위기는 늘 최고였다. 마지막 세 번째 시간, 나는 고민을 나누며 좀 더 서로를 깊게 알 수 있는 시간을 마련했다.

"혹시 개인 상담이 필요한 친구는 내 번호로 연락 줘. 일대일로 상담을 하자."

그렇게 나는 신입생 적응 교육 프로그램을 마무리했다. 그런데 예상치 못했던 밝은 그녀가 상담을 신청했다.

상담실로 들어가자마자 했던 그녀의 첫 마디는 굉장히 충격적이었다.

"선생님, 저는 부모님이 안 계셔요."

울먹이는 그녀의 얼굴을 보고 최대한 놀란 표정을 감추며 그녀의 이야기를 들었다. 아주 밝았던 그녀의 얼굴에 그림자가 드리웠다.

"저는 할머니, 할아버지와 살고 있어요. 너무 저를 잘 키워주셔서 감사한데, 요즘 경제적으로 힘들다 보니 계속 우울증도 재발해요."

학교 적응을 잘할 수 있게 도와주는 차원의 상담을 말했던 건데 너무 깊은 가정사를 털어놓은 그녀의 이야기에 내가 할 수 있는 것은 듣는 것밖에 없었다.

사연인즉슨, 그녀는 부모님 없이 조부모님과 함께 살았다고 한다. 다행히 조부모님이 아주 큰 사랑으로 키워 주셔서 원망하진 않지만, 부모님의 빈자리가 크게 느껴지는 청소년기 시절을 보냈고, 대학에 와서도 이런 자격지심과 열등감으로 힘들어하다 대학에 재입학했단다.

청소년기에 아버지가 집에 돈을 요구한 적이 있었는데, 크고 나서 보니, 아버지는 교도소에 계셨던 것이고 교도소에 가신 아버지를 보고 어머니는 집을 나가셨다고 했다. 성인이 되고 알게 된 감당할 수 없는 현실에 큰 상처를 받은 그녀는 그렇게 내 앞에서 자신의 성장 과정을 담담하게 이야기하며 흐르는 눈물을 닦았다.

나는 그녀의 이야기를 다 듣고 그녀를 말없이 안아 주었다.

"너 참 잘 컸다."

이 한마디에 나에게 안겨 있던 그녀는 오열했다.

"응, 울어도 돼. 이때까지 참는다고 고생했어. 얼마나 힘들었을까."

한참을 내 품에 안겨 울던 그녀가 진정될 때쯤 나는 말했다.

"이제 선생님 이야기도 들어볼래?"

초롱초롱한 눈으로 미소를 한 번 짓고는 나를 바라보았다.

"물론 나는 너의 환경을 경험해 보지 않았기 때문에 너에게 그 어떤 위로도 섣부르게 할 수 없어. 다만, 내가 너의 말을 들으면서 만약에 내가 너였다면 너무 힘들었을 것 같다는 생각이 들었어. 그걸 감당하기에는 너의 나이가 너무 어렸어. 이런 이야기를 듣고 사실 가장 마음이 아팠던 건 밝게 지내려 하는 네 모습이었던 것 같아. 선생님도 마음의 상처로 힘들었을 때가 있었거든. 누군가에게 기대고 싶고 누군가 나의 슬픔을 같이해 줬으면 좋겠다고 생각했을 때가 있었어. 그런데 그게 나는 단지 위로받고 싶을 뿐이었는데, 다른 사람에게는 부정적인 감정으로 비치더라고. 그러니까 사람들은 또 내 곁을 떠나는 거야. 거기에 또 다른 상처를 받았었어. 나는 그래서 너의 밝아지려 애쓰는 모습이 이해가 되면서 참 아프네."

같은 환경에서 같은 경험을 하지 않았지만, 비슷한 감정을 느꼈을 우리만의 공감 에너지가 순간적으로 우리 사이를 끈끈하게 하는 것 같았다. 그녀는 나의 이야기를 듣고 계속 울면서 말을 이어 갔다.

"선생님, 제가 거부나 거절에 대한 두려움이 있어요. 아무래도 어릴 때부터 버려졌다는 생각이 크고 나를 떠난 부모님에 대한 원망이 크다 보니 그런 것 같아요. 저는 다른 사람에게 사랑은 받지 못하더라도 거부당하고 싶지 않거든요. 그런데 요즘 친구들이 저를 은근히 따돌리고 있는 것 같아서 그것도 아주 힘들어요."

사실 이런 일들은 특별히 그녀에게만 일어나는 일이 아니다. 대학 생활을 하면서 친구들 사이에서 우정이 상하는 일은 빈번하다. 사회화하는 과정에서 사회생활을 익히고 깨달아가는 건데, 이런 생활을 참는 것이 지금 자신의 마주한 버거운 현실에 무거운 짐이 추가되는 느낌이라 다른 사람들보다 더 견디는 것이 힘들었을 것 같았다.

'원래 그건 대학 생활에서 충분히 있을 수 있는 일이니까 웃고 넘겨'라고 하기에 그녀는 에너지가 바닥난 상태였다. 문제를 해결해 주고 싶었지만 내가 할 수 있는 건 공감과 이해뿐이었다.

내가 너무 정신적으로 힘들 때, 나를 소중하게 생각하는 사람이 나에게 했던 이야기가 있다. "세상에 내 편은 나밖에 없어. 나는 내가 힘들 때 자아를 둘로 나눠서 1자아는 2자아에게 힘든 걸 막 이야기하게 하고, 2자아는 1자아를 무조건적으로 이해하고 칭찬하고 지지하고 힘을 주면서 위로하면 나는 괜찮아진다"라는 말이었다.

그때는 세상에 내 편은 나밖에 없다는 말에 공감할 수 없었다. 그런데 1자아와 2자아를 나누고 자신에게 위로하는 행동을 해 보니, 지금은 조금씩 습관이 되어 충분히 나만이 내 편이라는 것을 이해할 수 있게 되었다.

나는 그녀에게도 이렇게 말해 주었다.

"네가 지금은 당연히 공감되지 않을 거야. 하지만 1자아와 2자아로 나누어서 내가 내 편이 되는 연습을 지금부터 해 보지 않을래? 사실 선생님은 너의 문제를 해결해 주고 싶은 마음이 크지만, 너의 부모님을 다시 태어나게 할 수도, 너의 부모님께 찾아가 원망을 할 수도 없어. 그렇다고 지금 네가 가지고 있는 자격지심이나 열등감을 지우개로 지워 줄 수도 없어. 그래서 지금 내가 할 수 있는 건 있는 그대로의 너의 감정을 그대로 이해하고, 공감하는 것뿐이야. 그리고 다시는 너의 감정이 나빠지거나 우울해지지 않도록 너의 편이 되어 주는 것이 내가 할 수 있는 유일한 일인 것 같아. 너 생각보다 참 괜찮은 아이야. 그러니까 선생님이 네 곁에 있어 줄게. 너무 힘들면 언제든 이야기해. 기댈 존재가 있다는 것만으로도 위로가 될 때가 있거든? 그거 선생님이 해 줄게."

나는 왜 그녀에게 그런 사람이 되고 싶었던 걸까? 그해 추석, 연락한 통이 왔다.

"선생님, 추석 때 맛있는 거 많이 드시고 가족들과 좋은 시간 보내세요."

너무 바빠서 잊고 지냈던 그녀의 연락이 정말 반가웠다. 그녀는 잘 지내고 있지만, 체계적으로 상담을 받고 병원에 다녀야 할 것 같다는 안부를 전해 왔다.

"응, 병원에 가려고 용기 내고 힘든 걸 극복하려는 너의 의지에 역시 너는 다른 사람이다 싶어. 잘 지내고 있군! 내가 이야기했지만, 너는 그 자체로 괜찮은 아이야. 지금 조금 힘들다고 포기하면 안 되는 거 알지? 선생님이 다음에 대구 가면 전화할게. 우리 그때 맛있는 거 먹자. 그리고 혹시 부산 올 일 있으면 언제든 전화해. 선생님이 달려 나갈게."

'우울하지 마라', '왜 병원 가느냐', '힘내라', '시간이 해결해준다.' 이런 말들은 하고 싶지 않았다. 있는 그대로의 그녀의 모습을 응원하고 싶었다. 지금 너무 많이 힘들겠지만, 극복하려는 의지가 있는 그녀가 나는 오늘도 참 멋있다.

꼭 극복해서 같이 웃자.

네가 아파하지 않길 기도해.
단지 네가 행복하기를 바라.
부디 어둠 속에 혼자이려 하지 마
너를 괴롭히지 마, 제발.

- 디어클라우드, 「네 곁에 있어」 중 -

새살이 솔솔

"사실 지금도 아파."

나의 아픔을 지켜봐 온 친구에게 취중 진담을 했다.

"아프지, 상처는 언제나 아픈 게 맞아. 그런 적 없어? 나는 상처 난 부분을 보면 실제로 아픈 건 아닌데, 아픔이 느껴지기도 하고 상처 난 부위에 있는 흉터를 보면 가끔 찌릿할 때가 있어. 아픈 것도 아닌데. 육체적으로 느끼는 트라우마라고 할까?"

나는 몸에 상처가 나면 아물 때까지 기다리기보다는 딱지가 생기면 손으로 뜯어서 피를 보고 또 딱지가 생기면 반복적으로 뜯어내는 성격이다. 아물 때까지 기다려서 자연스럽게 딱지가 떨어지길 기다려 본 적이 없었다.

"안 뜯어도 다 뜯어져서 없어지는데…. 그 뜯어진 흉터 자국을 눈으로 보면 잔상이 남는다고나 할까?"

"응, 자연스럽게 뜯어지는 걸 기다리는 너랑 우선은 피를 보면서까지 뜯고 보는 나는 참 다르다. 그렇지? 피를 보면서 딱지를 끝까지 뜯을 때 굉장히 아프거든? 그런데 다 뜯어질 때까지 나는 계속 뜯었던 것 같아. 내 기억으로는 흉터 자국이 자연스럽게 뜯어지길 기다리진 않았어. 그러니까 이렇게 온몸이 흉터투성이겠지?"

생각해 보면 나는 신체에 난 상처뿐만 아니라 마음의 상처도 그렇게 치유하고 있었다. 그냥 물 흐르는 대로 흐르게 놔두면 자연스럽게 딱지는 떨어지고 새살이 돋는데, 나는 계속 상처가 아물 때쯤 딱지를 뜯고 뜯어서 다시 한 번 상처를 상기시키고 혼자 아파하고 그러면서 치유의 기간을 혼자서 늘리고 있는 것 같았다. 그럴수록 상처는 내 몸에 영원히 남게 되었고 상처가 많아질수록 흉해 보였다.

"참 성격대로 산다. 그렇지?"

나는 마음의 상처는 남기고 싶지 않았다.

그쯤 한 달간 미국에 갈 기회가 생겼다. 오래전부터 강사로서의 성장 과정에서 꿈꿔 왔던 아메리칸 드림이었기에 꿈이 현실이 된다는 생각에 설레고 기뻤다. 나는 이번 기회에 엄마와 함께 시간을 보내고 싶어서 전화했다.

"엄마, 미국 일정이 한 달간 잡혀 있어."

엄마는 내 말이 끝나기 전에 말을 끊고 이야기했다.

"나 한 달 동안 개 보기 힘들어. 네 개는 네가 키워야지. 그렇게 남한테 일을 다 맡기면서 너는 너 하고 싶은 거 다 하고 살아가니?"

내 말을 들어 보지도 않은 채 강아지를 맡기는 전화로 오해한 엄마에게 나는 말했다.

"아, 강아지를 맡기는 거 생각 못 했는데, 나는 그냥 엄마랑 미국 같이 가고 싶어서 한 전화였는데, 엄마 말이 맞는 거 같아. 어떻게 아메리칸 드림을 꿈꾸는데 엄마한테 민폐를 끼치면서까지 갈 수 있겠어. 알았어."

나는 '남'이라는 말에 큰 충격을 받았다. 이혼 후 엄마와의 관계가 많이 나빠진 나는 엄마와의 시간을 보내거나 관계를 개선하기 위해 노력할수록 더 삐뚤어져 가면서 서로에게 상처를 주었다. 독립한 후에도 풀려고 할수록 꼬여만 갔다. 나는 결국 미국 일정을 포기했다. 꿈이 좌절됐다는 현실보다 '가족'이라는 기댈 곳이 없다는 것이 더 서러웠다. 그날 나는 목이 터져라 혼자서 울었다.

나는 오랜만에 우울해졌다. 내 인생을 한탄했고 자책을 하면서 부모님에 대해 원망했다. 한참을 그렇게 울면서 우울한 시간을 보내고 있을 때 음소거를 해둔 TV에서 '마데카솔' 광고가 나왔다.

'아, 다 지난 일이고 내가 어떻게 할 수 없는 일인데, 나는 또 그 상처를 아물 때까지 기다리지 못하고 복기하며 딱지를 뜯어내고 있구나!' 하는 생각이 들었다.

그 생각이 들자마자 노트북 앞에 앉아 글을 쓰기 시작했다. 위로가 필요했지만 기댈 곳이 하나도 없다는 절망에 푸는 방법은 글 쓰는 것밖에 없었다. 또 나는 갈등이나 문제가 생기면 글을 쓸 때 더 솔직하게 글이 잘 써졌다. 나는 나의 감정과 있었던 이야기들을 솔직하게 적어 나가기 시작했고 글을 쓰는 데 집중을 하는 동안 우울한 감정, 죄책감, 원망을 잠시나마 잊을 수 있었다. 치유되는 것 같았다. 아무 생각 없이 키보드를 두드릴 때면 무엇인가에서 벗어나고 있다는 느낌이 들었다. 상처받은 내면의 내가 건강한 나에게 치유해 주는 것 같았다. 나는 그렇게 내 편은 아무도 없다고 느꼈을 때 책을 쓰면서 "괜찮다"며 내 편이 되어 주었다. 그렇게 나는 오늘도 아물어 가는 내 상처에 마데카솔을 발라 주었다.

따뜻한 말 한마디가 그리울 뿐

"선생님, 어제 엄마한테서 전화 왔었어요."

엄마에 대한 원망이 컸던 그녀가 덤덤하게 나에게 말했다.

"초등학교 3학년 때 저한테 했던 행동이 지금 죄책감이 들어서 전화했대요. 술이 잔뜩 취해서는…."

"그래서 너는 뭐라고 했는데?"

"초등학교 때는 엄마를 원망한 적 없으니까 쓸데없는 죄책감 느끼지 말라고 했어요."

"무슨 의미로 한 말이야?"

"'나는 이혼 이후에 엄마한테 받은 상처가 커서 원망하는 거니까 거기에 대한 죄책감으로 나한테 사과해'라는 뼈가 있는 말이었어요."

그녀의 어머니는 이혼을 앞두고 세상이 두려워서 "엄마, 나 오늘 혼자 자기 힘든데, 나랑 같이 있어 주면 안 돼?"라고 말하는 그녀에게 "나는 이 집 불편해. 나는 우리 집 가서 잘래. 넌 너희 집 강아지랑 자면 되잖아"라며 뒤도 돌아보지 않고 나갔다고 했다. 같이 잘 이유를 찾지 못했던 그녀의 어머니는 그녀의 표현에 의하면 '부리나케 도망갔다'고 했다.

이혼 후 그녀는 남편과 가정도 잃었지만, 부모와 함께 살아온 가족도 동시에 잃었다고 했다. 가정을 지키지 못하고 돌아온 딸을 부모님은 부끄러워했고, 오히려 그런 딸을 둔 부모로서 상처받았다고 그녀에게 말했다고 했다. 누구도 이혼을 하고 온 그녀를 따뜻하게 감싸 주는 사람이 없었다.

나 또한 이혼 후 이혼의 상처보다 친정 가족에게서 받은 상처가 컸다. 오롯이 혼자서 상처를 치유해 나가면서 이혼의 아픔을 이겨내려고 안간힘을 쓰며 나 자신을 다독였다. 그래서인지 나와 비슷한 처지의 그녀가 가족을 원망하는 것에 공감되었다. 나는 가족에 대한 원망이 커진다는 사실을 인지할 때마다 느끼는 죄책감과 그 어디에도 내 편이 없다는 외로움이 나를 짓눌렀었는데 그녀도 그런 이유에서 나를 찾아온 것 같아 더 마음이 아팠다.

"나도 부모님과의 관계를 개선하고 싶어서 술도 먹어 보고, 가족 커플 코트도 맞춰 보면서 노력을 많이 했었어. 그런데 그럴수록 마음이 아픈 나에게 더 희생을 강요하고 딸의 애교를 당연하다 받아들이시더라. 나는 내가 조금 아프니까 감싸 주고 보듬어 주길 바랐었는데, 우리 부모님도 당신들의 외로움과 부끄러움이 먼저였어."

나의 공감이 통했던 걸까?

"저도 부모님이 나쁜 의도로 내뱉은 말이 아니라는 건 알아요. 그런데 그래도 나쁜 말은 나쁜 말이잖아요. 그래도 나를 위해서 그러는 거다. 이해도 해 보려 노력하고 긍정적으로 생각하려고 많은 시도를 했어요. 하지만 관계를 개선하려고 노력하면 할수록 서로가 힘들어졌고, 저는 더욱더 상처받았어요."

'가족인데, 가족이니까'라는 말을 하면서 가끔 배려 없는 행동을 하고 후회하는 사람들을 많이 본다. 가족에 대한 기대치가 있고, 가족은 이해해 줘야 하고, 가족은 모든 것을 다 안다고 생각하기 때문이 아닐까? 최소한 나는 이혼 후 가족이라는 이름으로 가족에 대한 기대치, 이해, 가족은 모든 것을 안다는 그 생각들이 가정의 붕괴를 초래할 수 있다는 것을 깨달았다.

하지만 그 사실을 모르는 우리 가족으로부터 나 또한 2년 동안 상처받았고 고독한 싸움 끝에 결국 독립했다. 조금 떨어져서 살면 애틋함은 그래도 남길 수 있을 거라는 최후의 선택이었다. 하지만 우리는 그렇게 조금씩 더 멀어졌다.

"저는 '가족은 무조건 내 편'이라는 사람들을 공감하기 어려워요. 저는 엄마, 아빠랑 전화도 잘 안 해요. '용건만 간단히' 아시죠? 우리 가족은 용건이 있을 때만 전화해요. 선생님, 저는 사소한 것 하나하나까지 전화 통화하며 서로를 걱정하는 사람들이 부러워요. 제 남자친구는 가족 카톡 단체 방에 저랑 데이트하면서 먹은 사진이며 예쁜 배경들을 올리는데, 그게 질투가 나서 화를 냈어요. 사실 남자친구에게 화난 게 아니라 제가 그렇게 되는 가족이 없으니까 그런 건데, 이런 일로 남자친구와 싸운 적도 있어요. 물론 미안하다고 말했지만요."

그녀는 채워지지 않는 가족애에 갈증을 느끼고 있었다.

"저는 문제가 생기면 즉각적으로 풀어야 하는 성격이에요. 그런데 가족만큼은 풀 수 없는 숙제를 가지고 있다는 생각이 들더라고요. 해결하려고 하면 할수록 더 깊은 어둠으로 들어갔어요. 요즘 세상은 인간관계가 어렵다고 하죠? 저는 가족관계가 더 어려워요."

8월 8일, 독립 후 처음 맞이한 첫 생일이다. 몇 년간 나에게 먼저 전화한 적 없는 아빠가 전화가 왔다.

"딸, 오늘 생일이네. 아빠가 맛있는 거 사 줄게. 우리 같이 저녁 먹자!"

오후에 아빠와 저녁 약속을 잡고 전화를 끊은 후 나는 대성통곡했다. 사소한 저 한마디가 나를 오열하게 했다. 나는 아빠의 저 따뜻한 말 한마디가 너무 그리웠다.

하루는 부모님 집 근처에서 강의를 마치고 점심때쯤 전화를 했다. 아빠는 부재중이었고 엄마는 느지막이 일어난 목소리로 전화를 받았다.

"엄마, 점심 같이 먹자. 나 엄마랑 점심 먹고 다음 강의 가면 시간 딱 될 것 같아."

급작스럽게 잡힌 딸과의 약속에 선명한 베개 자국과 함께 나타난 엄마에게 맛있는 복국을 대접하고 다음 강의를 가려고 차에 타려는 순간 엄마는 말했다.

"가끔 점심 같이 먹으러 와!"

나는 또다시 다음 강의를 가면서 눈물을 흘렸다. 아직 나는 엄마한테 듣는 따뜻한 말 한마디 역시 그리웠다.

나의 이야기를 들려주며 나는 그녀에게 말했다.

"십여 년 동안 쌓여 왔던 가족관계는 물론 이 따뜻한 말 한마디만으로 한 번에 개선되지 않더라고요. 그런데 그 당시에는 조금 풀렸었

어요. 결국 우리 부모님도 가족에 대한 갈증이 있고 외롭다는 것은
몸소 느낄 수 있었거든요. 저도 아직은 어떤 방법이 좋을지 시간을
두고 생각해 봐야겠지만, 마음이 조금 풀리니까 가족에 대한 애정이
조금은 연장되는 느낌이었어요."

　그렇게 가족에게서 마음을 닫고 있던 그녀와 닫았던 마음에 한 줄
기 빛이 들어온 나는 그렇게 서로를 이해하면서 서로의 편이 되어 주
었다.

　'그래, 상처가 참 많은 우리 같은 딸은 그저 따뜻한 말 한마디로 보
듬어 주면 되는 거였는데…'라는 생각에 가족이 아닌 타인에게서 이
해를 받고 기댈 곳을 찾는 우리 두 사람이 조금은 가여웠다.

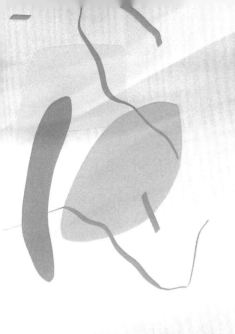

Part 4

감정의 의미

외로움에 대처하는 우리의 자세

"저는 외로움을 잘 안 타는 건지 기억을 못 하는 건지 외롭다고 느끼는 순간이 딱히 떠오르지 않아요."

감정에 대한 주제로 토론할 때 한 남학생이 말했다.

"생일 축하 메시지 받지 못할 때? 외로움이라는 건 혼자라고 생각돼서 쓸쓸하다는 건데 저는 혼자인 게 편할 때도 있고 굳이 쓸쓸할 만큼 혼자라고 생각을 해 본 적이 없어요. 가족도 있고, 친구도 있고 여자 친구도 있으니까요."

그 말을 들은 다른 남학생이 말을 이었다. 이 남학생이 내 강의를 처음 들었을 때 나는 그에게 "웃는 미소가 정말 예쁜데, 눈에 슬픔이 있는 것 같이 초롱초롱하네요"라고 스치듯 말한 적이 있었다. 그런 그의 대답은 놀라웠다.

"그런데 생각해 보면 가족, 친구는 누구나 다 있는 건데, 외로움을 느낀다는 건 내 편이라고 생각했던 사람이 내 마음을 읽어 주지 못한다거나 나와 공감을 이루지 못할 때 생기는 거 아닐까요?"

그는 나를 보며 다시 말을 이어 나갔다.

"사실 그때 강사님께서 저에게 슬픈 눈망울을 갖고 있다고 말씀하셨잖아요. 그날 집에 가면서 생각을 했는데 어쩌면 제 마음 한쪽 구석에 저도 모르는 외로움이 있을지도 모른다는 생각이 들었어요. 그런 마음을 수면 위로 떠오르지 않게 누르고 있었던 것일지도 모르겠네요. 생각해 보니 이런 감정들을 공유할 사람들이 없을 때 외롭더라고요."

마음이 매우 아팠던 날들 이후 나는 힘든 모습을 남한테 보여 주지 않았다. 내가 힘든 걸 남한테 이야기를 하면 그 사람한테 폐가 되는 것 같았다. 우울하거나 슬픈 감정들은 부정적인 에너지라고 생각했고 그런 부정적인 에너지는 오히려 쉽게 전달되니까 나 또한 감정을 숨긴 채 웃고 지냈다. 이런 일상은 어려우니 도와달라는 말조차도 쉽게 할 수 없게 만들었다. 그렇게 밝은 모습만 보여 주고 혼자가 되면 나는 외로웠다.

"영원한 게 있을까요? 저는 영원한 게 없다고 확신하는 순간 외로움이 느껴졌어요."

분위기는 굉장히 심오해져 갔다.

"영원한 건 없다고 생각해요. 특히 마음은 더 그런 것 같아요. 마음은 누구나 식어요. 문제는 그 식는 마음을 다시 따뜻하게 만들 수 있느냐 없느냐의 차이고, 그게 안 되면 이별을 하고 그 사람이 없는 빈자리가 외로움으로 채워지는 거 아닐까요?"

"누구나 이별은 해요. 만약 만남에 진정성이 있었더라면 떠나보내는 사람이나 떠나간 사람이나 이별에 대한 아픔을 외로움으로 채우지 말고 좋은 추억으로 남기는 게 현명하지 않을까요?"

정답은 없었다. 다만 그들의 대화에서 나는 그 사람이 어떤 경험을 했고, 어떻게 받아들이느냐에 따라서 외로운 정도도 다르게 느낀다는 것을 알게 되었다.

나도 이혼하기 전에는 '외로움'이라는 단어를 인지하지도 못한 채 살았었다. 아니, '외롭다'라는 감정을 모르고 살았다고나 할까? 그런데 요즘은 '외로움'이 누가 내 곁에 있고 없고의 문제라기보다는 공감할 수 없는 아픔을 공감해 주길 바라는 것이라 느낀다. 그런 공감할 수 있는 내 편이 없다는 것을 떠올리니 외로웠다.

이혼한 나에게 결혼 생활을 잘 유지해 오고 있는 친구가 말한 적이 있다.

"결혼하고 지지고 볶고 싸우느니 차라리 혼자가 나아. 남편이 얼마나 미운지 몰라. 명절이 얼마나 스트레스인 줄 알아? 너 다시는 결혼한다고 나대지마!"

애가 둘이기 때문에 이혼하지 못한다며 그녀는 이혼한 나를 부러워했다. 그런 그녀에게 나는 웃으며 속으로 이야기했다.

'네가 뭘 알아? 이혼해 봤어?'

나를 위로해 주려고 했던 말들은 공감을 못 하는 사람들이 하는 말들이라고 생각했기에 어쩌면 위로의 말이 더 외로웠을지도 모르겠다. 어쩌면 내가 진심으로 바란 것은 힘든 내 곁에 있어 주려고 했던 사람들의 따뜻함이었을 텐데….

나는 양창순의 『나는 까칠하게 살기로 했다』를 인용하며 강의를 마무리 지었다.

"우리나라는 대부분 남자가 감정을 억누르기를 강요하며 성장합니다. 남자는 넘어져도 목청껏 울지 못하지요. 훌륭한 사람이 되려면 참아야 한다고 교육받기 때문입니다. 남자는 약하면 안 된다는 편견 속에서 성장하는 동안 감정적으로 무딘 사람이 되지요. 그렇게 별다른 저항감 없이 어른으로 성장하셨죠? 솔직한 자신의 감정을 털어놓는 것은 용기 있는 행동입니다. 한 번도 누군가와 이런 외로움에 관한 이야기를 나누어 본 적이 없을 텐데, 오늘 한 걸음 본인을 보듬어 준 것 같아서 뿌듯하네요. 감정은 절대 나쁜 게 아닙니다."

어쩌면 내가 듣고 싶었던 말이었을지도 모르겠다. 그날 외로움에 관한 토론은 결국 답 없이 끝났지만, 현대인들은 마음 한쪽에 외로움을 안고 살아간다는 것, 그리고 그 외로움을 숨긴 채 더 크게 웃고 밝게 행동한다는 것, 마지막으로 언젠가는 억눌렀던 감정들이 터지기 때문에 그런 감정은 분출하고 살아야 한다는 것으로 마무리되었다. 그리고 가장 중요한 건 그 무엇보다도 우리는 외로움을 덜 느끼기 위해 함께 살아가야 한다는 것이었다.

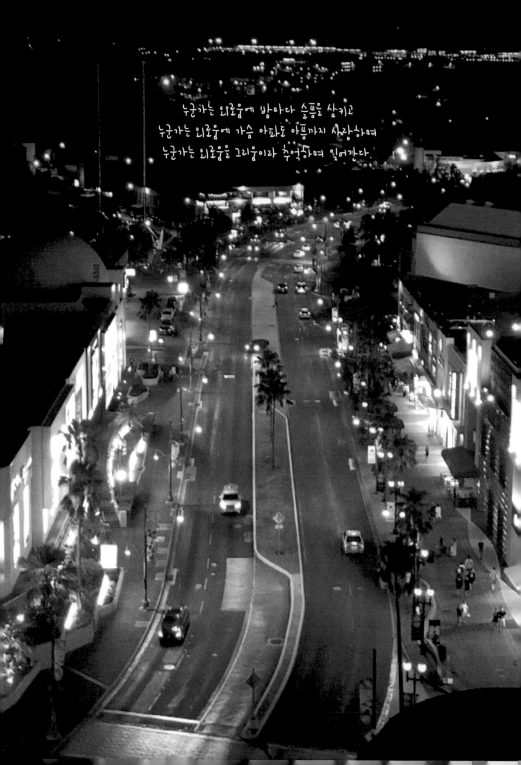

누군가는 외로움에 밤마다 슬픔을 삼키고
누군가는 외로움에 가슴 아파도 아픔까지 사랑하며
누군가는 외로움을 그리움이라 추억하여 잊어간다.

불안감에 대처하는 우리의 자세

이혼 후 나는 불안감이 매우 심했다. 영원할 것 같았던 사람이 떠난 후 남겨진 고독이 나를 옥죄어 왔다.

그럴수록 나는 사람 사이에서 사랑받고 싶었다. 다른 사람이 나를 좋아할 수 있도록 많이 웃었고, 그 사람의 성향을 파악해서 나를 좋아하도록 만들었다. 상대에게 관심과 애정을 잃을까 봐 불안해서 불편한 관계라 할지라도 나다움을 버리고 상대가 원하는 것에 에너지를 쏟았다. 틀어질까, 또다시 관계가 사라질까 두려워서 나의 불편한 감정을 드러내지 않고 참으며 오히려 상대방의 기분을 살폈다.

그러던 어느 날 나는 싱글 맘을 대상으로 라이프 코칭 프로그램을 진행했다. 정부에서 지원하는 싱글 맘들이 모여 사는 공간에서 교육을 진행했는데, 대부분 0~1세 자녀를 두고 있었다. 이들 중에는 배우자가 있었지만 혼인신고를 하지 않은 싱글 맘도 있었고, 남자친구가 있는 싱글 맘도 있었다. 교육 담당자는 교육생들의 특성을 설명하면서 덧붙였다.

"본인이 분명 아니라는 걸 알 텐데, 의지할 부모는 없고, 자기 편이 아무도 없으니 책임감 없는 남자에게 의지하는 부분이 있어요."

나도 이혼하고 우울증과 외로움으로 몸서리치고 있었기 때문에 싱글 맘들의 그런 태도가 100% 이해됐다. 그 말을 듣고 한껏 공감 능력을 끌어올려 강의장으로 향했다.

10대와 20대가 주를 이루는 그 공간에 30대가 두 명 있었는데 처음부터 나와 또래들이라 친근하게 다가갈 수 있었다. 그날의 라이프 코칭 주제는 '성격 유형과 행동 유형에 따른 자기 이해'였다. 심리 검사를 기반으로 시작한 라이프 코칭에서 가장 연장자인 30대 싱글 맘이 말했다.

"저는 남들에게 피해 주는 걸 매우 싫어해요. 그런데 제가 산후 우울증을 겪으면서 아이를 때렸었어요. 그래서 지금도 아이를 보면 미안함에 눈물이 나요."

남편과 이별하고 홀로 아이를 키우겠다고 결심했다는 그녀에게 나는 연민이 느껴졌다.

"막상 세상에 나오려니까 덜컥 겁이 나지요? 책임져야 하는 무게를 감당하기 힘들었을 거예요. 그래서 준비를 하고 계획을 해야 하니까 오늘부터 교육하잖아요. 답이 될진 모르겠지만 힘은 되어 줄게요. 같이 방법을 찾아봐요."

3주 정도 시간이 지난 후 나는 그녀에게 말했다.

"정말 책임감이 강한 것 같아요. 엄마가 된다고 다 그런 건 아닐 텐데…"

나는 조심스럽게 아이에 대해 물었고, 신뢰를 형성해 나갈 때쯤, 외부인이라 그랬는지, 아니면 내가 그녀에게 편안한 사람이었는지 가장 연장자인 30대 싱글 맘이 입을 열었다.

"강사님, 저는 책임감이 강하지 않아요. 사실 저는 이 아이를 입양 보내려고 했었어요. 그런데 이 아이까지는 못 보내겠더라고요."

나는 의아하다는 듯이 그녀를 바라봤다.

"사실 이 아이는 저에게 세 번째 아이예요. 첫째와 둘째는 입양 보냈어요. 저는 부모님 없이 커 왔거든요. 그래서 고등학교 때부터 애정에 목말랐어요. 그러다 보니, 남자 친구를 계속 만나고 끊임없이 연애해 왔죠. 첫 연애를 할 때 첫 아이가 생겼어요. 그때는 고등학생의 신분이기도 했고, 그 남자 친구의 부모님이 아기를 지우라고 강요했지만 그럴 수 없었어요. 첫째를 몰래 낳았는데, 남자 친구의 부모님이 알고는 제 허락 없이 입양을 보내면서 저는 자연스럽게 남자 친구와 헤어지게 되었어요."

그렇게 몸과 마음에 상처를 입은 그녀는 외로움 때문에 본인을 좋다고 하는 사람에게 헌신하는 연애를 했단다. 본인의 이상형이 아니었지만, 남자니까, 사랑해 주니까 만났고, 그렇게 연애를 이어 가면서 두 번째 아기가 생겼다고 했다.

"그 남자친구는 곁에 있을 테니 자신의 대학 생활만 망치지 말라며 아이를 입양 보내자고 했어요. 처음이 어렵지 두 번은 쉬웠어요. 그런데 그 남자친구마저 아이를 입양 보낸 후 저를 떠났어요."

자신의 상처를 담담하게 말하는 그녀를 보고 남자들은 죄책감이 없다는 것이 느껴져서 화가 났다. 그녀는 계속 말을 이어 나갔다.

"죽고 싶었어요. 아이도 떠나가고 남자도 떠나가고 의지할 데가 없는 게 너무 서러웠어요. 왜 나한테만 이런 일이 생길까 싶었어요."

이런 말을 하는 그녀를 보며 그녀에게 책임감과 죄책감을 운운할 자격이 없는 나를 발견했다.

"그래도 바리스타의 꿈을 키우면서 셋째를 키우려 하잖아요. 이때까지 떠나간 그 어떤 사람들보다 책임감이 크고 대단하다고 생각돼요. 나도 외로움에 사무쳐 타인에게 기대했던 시절이 있었기 때문에 공감이 가네요"라는 말을 하며 나도 동병상련의 아픔을 겪고 있다고 말해 주었다.

아쉽게도 그 이후 나는 퇴소한 그녀를 만나진 못했다. 하지만 라이프 코칭 프로그램에서 그녀를 만나고 돌아오는 길이면 나는 발걸음이 매우 무거웠다. 나도 이성적인 판단보다는 나를 사랑해 주길 바라는 바람 때문에 남자를 만났던 적이 있었는데, 그녀를 통해 그들에게 나는 굉장히 쉬운 여자였다는 것을 객관적으로 알게 되었기 때문이다.

위험에 노출되어 있다는 것을 감지한 나는 만나던 남자들을 다 끊었다. 집을 이사하고, 나의 일에 좀 더 집중하면서 개인적인 시간을 일부러 줄여나갔다.

나의 불안감을 이용하려는 남자들을 거절하는 연습을 했고, 불편한 감정을 내비치려 노력했다. 많이 외로웠지만, 그 외로움을 있는 그대로 받아들였다.

우리는 살아온 환경이 달라서 한 사람에게 애착을 둔다는 것을 무조건 나쁘다고 할 수는 없다. 하지만 자기 자신을 잃지 않길 바란다. 그래서 극복 의지를 가지고 그대로의 온전한 자기 자신을 찾았으면 좋겠다.

그래도 너 자신을 잊지 마.
온전한 너를 사랑해 주는 사람이 있을 거야.

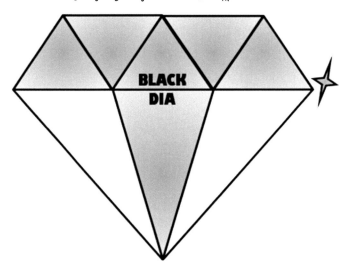

빈둥데이에 찾아온 내 편

하루는 어떤 네트워킹 파티에 참석했다.

이 자리에서 나는 의례적으로 명함을 주고받으며 대화를 건넸다.

"안녕하세요."

명함을 건네러 다가간 그의 첫인상은 네트워킹 파티에는 어울리지 않을 법한 우울한 얼굴이었다.

"무슨 고민 있으세요?"

웃으며 다가간 나의 말에 그는 매우 공격적이었다.

"제가 무슨 고민이 있어 보이나요?"

"죄송해요. 그런 뜻으로 말씀드린 건 아니었는데, 불쾌하셨다면 사과할게요."

그는 머쓱했는지 나에게 네트워킹 파티에 온 이유를 물었다.

"혼자가 되어 가고 있어요."

사실 먼저 나에게 그가 네트워킹 파티에 온 이유를 물은 이유는 그가 외롭다는 것을 말하고 싶어서였던 것 같았다.

"내 편은 없고, 그래도 살아 보려고 애쓰고 있는데 외로워요. 친한 친구들은 많은데, 부정적인 내 모습을 보여 주면 도망갈 것 같은 생각이 들어요. 모르는 사람에게라도 조금 털어놓고 싶어서 왔는데, 제가 생각했던 분위기보다 밝고 활력이 넘쳐서 당황스러운 찰나에 뜬금없이 고민을 물어보는 것이 마치 내 마음을 알아주시는 것 같아서 울컥했어요."

나도 한때 아픔을 견뎌냈던 적이 있었다. 시간이 해결해 줄 거라고 생각했지만 가만히 있으면 더 불안해지던 때가 있었다. 그때 나는 복싱을 시작했었다.

"취미 있어요?"

"드라이브 좋아해요. 노래방도 가고, 영화도 보고… 그런데 이런 것들을 혼자 할수록 이런 일상들이 저를 더 고독하게 만드는 것 같아요."

공감되었다. 최소한 그는 혼자 있고 싶지 않다는 말을 하는 것 같았다.

"그런데 제가 친구들에게 부정적인 이야기를 하면 도망갈 것 같아요. 사람을 지치게 하잖아요."

"공감해요. 저도 그런 마음이 들었을 때 읽은 책이 있는데요. 『나, 있는 그대로 참 좋다』는 책 아세요?"

> 소망을 바꿔야겠다. 비를 내리지 말아 달라고 바라는 것이 아니라 혼자서 비를 맞지 않아도 되는 세상을 달라고 바라야겠다. 나는 비가 싫은 게 아니라 혼자서 비를 맞는 게 싫은 거니까. 힘든 삶이 비처럼 그치고 아픈 마음이 감기처럼 나았으면 좋겠다.
>
> - 조윤미, 『나, 있는 그대로 참 좋다』

이혼한 이후 가족들은 이혼의 책임이 나에게만 있다며 나를 탓했고, 슬픔의 감정은 옳지 않은 것이라며 울 수 없게 했었다. 감싸 줄 줄 알았던 가족이 감싸 주지 않자, 결핍 증상이 나타나기 시작했고, 결핍이 심해질 때쯤 본능적으로 누군가에게 기대고 싶어졌었다. 부정적인 기운이 사람을 멀어지게 했기에 나는 사람들에게 웃으며 다가갔고, 사랑받기 위해 슬픔, 우울, 아픔 등의 부정적인 감정은 최대한 숨겼다. 하지만 어느 순간 나도 모르게 우울감과 불안감은 천천히 다가왔고, 나는 사람들에게 나도 모르게 적대적으로 변했다. 감정의 기복이 심해졌고 예민해졌다.

아주 기분 좋은 어느 날, 나는 나를 위해서 '빈둥데이'를 만든 적이 있었다. 거의 일 중독이었던 나는 이혼 후 하루도 아무것도 하지 않은 날이 없었다. 그런 나 자신이 안쓰러웠지만, 그렇다고 아무것도 하지 않으면 불안함과 우울감이 또다시 찾아왔다. 그런 나에게 빈둥데이는 획기적이었다. 빈둥데이에는 아무것도 하지 않기로 했다. 책도 잃지 않았고, TV 보기도, 잠자기도 하지 않았다. 멍하게 앉아서 있었던 그때 문득 생각이 들었다.

'아, 내가 지금 불안하구나, 이 불안감은 어디서 찾아오는 걸까? 불안하면 어떻게 해야 할까?'

거의 6시간 동안 멍하게 나의 불안한 감정을 마주하고 내가 지금 불안한 출처와 원인을 깊게 생각했고, 해결할 방법을 떠올렸다. 하지만 방법이 없었다. 그런데 이상한 일이 벌어졌다.

'많이 불안하구나, 힘들었지? 사람에게 기대려고 마음을 열고 다가

가니, 생각지 못하게 상처만 많이 받았구나. 네 맘 같지 않은 사람들의 언행에 점점 마음의 문이 닫혀 가는구나. 다가가려 애쓰지 마. 이 불안함은 어쩌면 아직 상처가 치유되지 않은 너에게는 당연한 감정일지도 몰라.'

불안한 감정을 인정하며 스스로를 위로하고 있었다. 물론, 100% 치유가 된 것은 아니었다. 하지만 내 편이 생긴 기분이었다.

나는 사람에게서 치유를 받으러 온 그에게 '빈둥데이를 가져 보고 감정을 인정해 보세요'라는 말하고 싶었지만 선뜻 말을 할 수 없었다. 다음에 그를 만나면 최소한 나는 조금 더 내 감정을 인정하고 치유가 되어 있으면 좋겠다는 생각을 했다. 그리고 다음에 그를 만났을 때 "지금 있는 그대로 괜찮아요"라고 말해 주고 싶다.

미운 오리 새끼야, 너는 있는 그대로 괜찮아.

순수함이 부러운 어른아이

회사를 창립한 후 1인 기업으로 성장하고 있던 때, 나와 비슷한 시기에 창업을 한 25살의 청년 CEO가 있었다. 그가 가지고 있는 패기와 열정은 나의 부러움이었다. 다른 사업 아이템이었지만 함께 사무실에서 생활하던 그는 나의 에너지이자, 자극제가 되었다. 그래서 사업을 하는 순간순간 그는 존재만으로 매우 큰 힘이 되었다.

의지할 곳이 없었던 우리는 서로의 안부를 물으며 서로의 존재를 확인했다. 어려운 일이 있을 때마다 그는 나에게, 나는 그에게 의지하며 '우리는 할 수 있다'는 것을 되새겼다. 그와 나의 20대는 매우 닮아 있었기에 나는 그가 매우 편하고 좋았다.

열정적이었던 그는 그 열정 때문에 하는 일에 부딪힐 때가 많았다. 팀을 함께 꾸린 팀원과 소통이 안 될 때도 있었고, 잘하고자 했던 일이 엎어지기도 했으며, 성격을 참지 못해서 폭발하는 일도 부지기수였다. 이미지 메이킹 능력이 아직 부족했던 그는 그저 그의 열정과 패기를 드러내기 바빴고 일을 해 나가는 속도에서 다른 대표들보다 계획보다 행동과 마음이 더 앞섰다.

그런 그를 보고 많은 대표들은 아직 덜 성숙했다고 말했고 힘을 빼야 한다고 피드백했다. 이것이 물론 틀린 말은 아니었지만, 나는 그렇게 순수하고 솔직한 그가 참 좋았다. 예의도 발랐고, 자기 일에 사명감과 자신감이 있었던 그의 모습이 멋지게 보였다. '원래 대표는 이래야 한다'는 타이틀을 과감하게 벗어던진 그였다. 나는 진심으로 그가 성공하길 바랐다. 물론 지금도 진심으로 그가 성공하길 바라고 있다.

성격 탓인지 그와 나는 정말 친한 누나 동생 사이가 되었다. 존재만으로 믿고 의지할 수 있다는 것을 시간이 지남에 따라 믿게 해 준 그가 매우 고마웠다.

"누나, 오늘은 너무 힘들어요.", "누나, 왜 요새 사무실에 안 와요?", "누나, 요새 힘든 일 있어요?"라고 안부를 물어주는 그에게서 동지애를 느꼈다.

하루는 꿈에 그가 나왔다. 해야 할 일이 태산이었던 나날들 속에서 깊은 잠에 빠지지 못할 때 꿨던 꿈이었다.

"누나, 빨리 오세요!"

꿈속에서 빨리 오라고 나를 재촉하는 그에게 "가고 있어" 하면서 느릿느릿 준비하며 나는 전혀 움직이지 않았다. 서로의 업무에 치여서 사무실에서 근황을 확인할 수 없었기에 꿈속에서나마 그를 만나서 매우 반가웠다. 그저 그가 나오는 꿈이었다는 생각으로 오전 10시에 강의를 가면서 그에게 전화했다.

"윤 대표, 오늘 네가 꿈에 나왔어."

"누나 잠시만요, 아직 말하지 마요. 12시 이전에 꿈 이야기 하면 안 좋다고 했어요. 아직 10시예요."

"하하하하하."

순수한 그의 대답에 나는 잠시 크게 웃었다. 전혀 생각지도 못한 답변에 갑자기 일에 치여 살던 것들이 힐링이 되었다.

"누나, 꼭 메모해 뒀다가 12시가 지나면 알려 주세요. 전화할게요!"

그날 강의가 끝난 시간은 7시 30분이었다. 강의가 끝나자마자 그에게 전화가 왔다.

"누나, 무슨 꿈이었어요?"

"윤 대표, 왜 계속 누나를 불러? 가고 있다고 하는데 안 움직이니까 계속 오라고 재촉하고!"

그는 나에게 두 번째 순수한 힐링을 선사했다.

"누나, 꿈에서 누군가가 부르면 따라가면 안 된다고 했어요. 누나도 꿈에서 제가 부르면 따라오지 마세요."

"윤 대표, 그런 게 어디 있어? 그거 미신이야. 죽은 사람이 따라오라고 하면 죽는다지만, 넌 산 사람이기 때문에 괜찮아…."

마치 은하수를 걷는 것 같은 눈부신 빛이 감싸준
여기 어둠 속 네 맘이 날 안아주고 있어.

- 우주소녀, 「1억 개의 별」 중 -

나는 어쩌면 그의 열정, 그의 패기보다 그의 순수함이 부러웠던 것 같다. 어른이 되어야 한다는 강박에 사로잡혀서 여러 가지 성과를 내면서 다른 사람들에게 인정받고 싶은 욕구와는 달리 사실 나의 내면에는 아직 어른아이가 숨 쉬고 있다는 생각이 들었다.

나는 거미의 「어른아이」라는 노래를 참 좋아한다.

> "첫사랑에 속고 또 다른 시작을 해도 어느새 손을 놓은 채 모두 떠나가네. 한숨이 늘어가고 눈물이 나를 적셔도 반복된 사랑놀이에 울고 웃네."

내 속에는 아직 내면의 아이가 자라고 있고, 순수하고 싶고 어리숙한데 어른이 되라고, 성숙하라고 강요하는 사회와 나이에 따른 체면 때문에 아이 같지 않으려고 하는 행동이 불편했던 건 아닐까? 철없는 내 속의 어른아이는 아직 20대에 머물러 있는 것 같았다.

Part 5

공감의 의미

말의 체온

"강사님, 오늘 교육하실 대상은 성매매를 경험했던 여학생들 세 명입니다."

인성 교육을 진행했던 한 센터에서 나에게 성매매 여학생 세 명을 의뢰한 적이 있다. 사실 '성매매 경험 여학생'이라는 단어를 들었을 때 나는 편견을 가졌다. 우선 공부에는 관심이 없을 것 같고, 강의를 진행하는 데 반항적일 거라 생각했다. 그래서 교육의 효과에 대한 의문도 들었다.

강사 소개를 하자마자 딱 달라붙는 민소매 티셔츠에 미니스커트를 입고 다리를 꼬고 있던 여학생이 팔짱을 낀 채로 눈을 치켜뜨며 나에게 질문을 했다.

"선생님, 첫 경험이 언제예요?"

'역시나 성에 대한 부끄러움이나 거리낌이 없고, 잘못되었다는 것에 대한 인식이 없구나!' 싶었다.

"선생님, 저는 어떤 아저씨가 일본 갔다 오면서 초콜릿이랑 돈 20엔 주셨어요."

"선생님은 어떤 선물 기억나세요?"

이렇게 성매매 경험을 자랑스럽게 말하는 아이들에게 나는 말했다.

"사랑하는 사람과의 첫 경험은 22살 때였어. 돌이켜보면 나는 사랑하는 사람에게 나라는 존재 가치를 느끼게 해 주고 배려받으면서 사랑을 주는 법을 알게 해 준 게 가장 큰 선물이야."

그들은 자신들이 한 질문에 당황하지 않는 나를 보고 오히려 당황스러워했다. 그리고 '사랑하는 사람'이라는 단어와 물질적이지 않은 선물에 눈이 동그랗게 커졌다. 그 두 마디에 미성년자였던 그들은 예상외의 빠른 속도로 그들의 순수함을 찾았다. 아니, 어쩌면 내가 편견으로 봤을 수도 있다. 그들은 그저 어리고 순수한 아이들이었다.

첫 시간은 그렇게 나의 20살 순수하고 아름다운 러브스토리로 아이들과 신뢰를 쌓았다. 쉬는 시간부터 아이들은 나의 말에 귀를 기울일 자세를 하고 있었고, 교육 내용과 준비해 간 준비물의 활용도 등에 관심을 보였다. 세 명의 소수로 진행되었던 교육은 첫 시간에 아이들이 생각보다 마음을 빨리 열면서 개인 상담처럼 진행되었다.

나에게 첫 경험을 물어봤던 여학생이 갑자기 성매매를 시작하게 된 계기를 털어놓았다.

그녀는 부모님이 이혼하고 아버지와 함께 살았다고 했다. '이혼'이라는 단어에 나도 모르게 그녀의 말에 더 집중하게 되었다.

아버지는 바쁜 일과를 끝내고 집에 오면 공부하라는 잔소리를 하면서 엄마를 원망하고 그녀에게 비난과 질책, 폭언을 하셨다고 한다.

자존감이 점점 떨어져 갈 무렵, 친구들과 어울리는 시간이 많아졌고, 제일 친했던 친구가 아는 오빠와 놀자고 데리고 갔다고 했다. 성관계를 요구했던 낯선 아저씨였다. 추측하기로는 아저씨라고 해 봤자

30대였던 것 같다. 아빠는 강압적이고 폭력적인데, 아저씨는 다정하게 챙겨 주시고 스킨십을 하면서도 따뜻함을 느꼈다고 했다. 돈도 챙겨 주고, 연인처럼 지냈다고 했다. 그루밍 성범죄[1]였다.

나는 만감이 교차했다. 그 남자들에게 너무 화가 나기도 하면서, 기댈 곳 없을 때 그루밍 성범죄의 피해자인 걸 모르고 그저 좋아하기만 했던 아이들이 안쓰러웠고, 어른이 나빠서 미안했다.

그때 그녀는 한마디 더 붙여 말했다.

"선생님, 지금은 그 행동이 잘못된 행동인 걸 충분히 아는데, 가끔 그 사람이 보고 싶어요."

매우 충격적이었다. 폭력이라는 것을 알고 있고 범죄에 연루되었다는 것을 알고 있는데, 그리워지고 보고 싶다니. 사랑받지 못했기 때문에 사랑이라고 착각하게 해서 사람의 마음을 가지고 장난친 남자들을 어떻게든 벌하고 싶었다.

사실 그녀가 잘못한 게 아니라 사랑받지 못했던 한 소녀의 마음을 가지고 사랑이라는 이름으로 범죄를 저지른 남자가 잘못된 건데, 현실이 너무 슬펐다. 그녀는 계속 말을 이어갔다.

"그런데 선생님, 선생님의 러브스토리를 들으면서 저도 정상적인 연애를 하고 싶다는 생각이 들었어요. 그래서 선생님이 두 번째 시간에

---

1) 그루밍 성범죄는 가해자가 피해자에게 호감을 얻거나 돈독한 관계를 만들어서 심리적으로 지배한 뒤 성폭력을 가하는 것으로 보통 어린이나 청소년 등의 미성년자를 정신적으로 길들인 다음 이루어지는데, 정작 피해자들은 자신들이 성범죄 피해자라는 사실을 인식조차 하지 못하는 경향이 있다.

자기를 이해하고, 내가 뭘 좋아하고 어떤 것을 재미있어하는지 나를 찾으면서 이런 나를 온전하게 사랑해 주는 사람을 만나고 싶다는 꿈이 생겼어요"라고 말했다.

나는 그녀의 한마디 한마디에 울컥울컥하는 감정을 애써 참으며 그녀를 꼭 안아 주었다.

tvN 드라마 〈응답하라 1988〉에는 이런 말이 나온다.

"말은 마음을 담는다. 그래서 말에도 체온이 있다."

말은 마음을 담는다.
그래서 말에도 체온이 있다.

- <응답하라 1988> 명대사 중 -

강사는 주로 많은 대중 앞에서 강의한다. 소수의 교육생에게 강의를 진행하는 경험은 주로 강사들보다는 상담사들이 많이 할 것이다.

나 또한 세 명의 소수로 진행했던 강의는 손에 꼽는다. 특히 성매매를 경험했던 여학생이라는 편견으로 시작했던 이번 강의는 나 스스로를 돌아보게 했고, 가장 감정이 묘하게 교차했으며, 나의 말에 얼마나 큰 힘이 있는지를 깨닫게 해 주는 시간이었다.

같은 처지!

나는 싸이월드 같은 나만의 공간이 있는 애플리케이션에 다이어리 형식으로 매일매일 글을 썼다. 그곳의 장점은 '익명성', 즉 내가 누구인지 숨긴 채 나의 마음을 표현할 공간이었기 때문에 매일 느낀 나의 감정을 솔직하게 써 내려갈 수 있다는 점이었다. 내 글을 읽고 모르는 사람이 댓글을 달면 내 마음을 공감해 주는 것에 위로를 받았다. 그 애플리케이션에서 알 수 있는 것은 서로의 나이뿐이었는데, 나는 그 애플리케이션에 적응해 갈 때쯤 나와 비슷한 글을 쓰는 사람의 글을 보게 되었다. 그는 내 이야기와 감정을 쓰는 나와는 다르게 타인의 이야기를 주로 쓰고 공감을 잘해 주었다. 그의 공간에는 방문자 수도 많았고, 댓글과 '좋아요'도 많아 유명했다. 대댓글도 계속 이어져서 대화가 되는 것도 신기했다.

하루는 그 애플리케이션에서 이벤트 형식으로 오픈 채팅방을 열어서 사람들과 소통을 하는 장을 만든 적이 있었다. 일시적인 글과 댓글이 아니라 실시간의 채팅은 그 사람의 매력을 보여주는 데 한몫한 듯 그는 매우 인기가 많았다. 채팅방에서 그에게 일대일 개인 상담을 요청하는 사람도 있었다. 존재감을 드러내지 않던 나는 새로운 사람이 들어올 때마다 인사만 하면서 그 채팅방을 즐겼다.

그런데 어느 날 그에게서 개인적으로 쪽지가 왔다.

"안녕하세요, 매번 인사하셔서 눈여겨보고 있었어요. 제 쪽지가 불편한 건 아니시죠?"

사실 불편했다. 얼굴도 본 적이 없고, 애플리케이션에서 인기가 많았다고는 하지만 모르는 사람이었기 때문에 나는 경계하듯 쪽지를 보냈다.

"무슨 일이신가요?"

"아, 이 채팅방이 열린 이후로 인사를 너무 잘하셔서 눈 여겨 보고 있었어요."

그 당시 나는 사람과 관계를 맺는 게 매우 힘들었다. 이혼하고 난 이후로 누군가와 연애를 하는 것 자체가 매우 신중했고 계속되는 관계의 실패로 쉽게 열지 못하는 마음의 문을 아예 닫아 버렸던 시기였다.

"그래서요?"

퉁명스러운 나의 답장에 그는 조심스럽게 말을 이어갔다.

"님의 글 잘 보고 있었습니다."

순간 매우 부끄러웠다. 이혼의 아픔과 사람에 대한 증오, 내 편이 없다는 외로움 등 다른 사람들에게 하지 못하는 말들을 거침없이 썼던 글들이었는데, 그가 보고 있을 거라고는 생각하지 못했다.

"아… 네."

"님의 글을 보면서 참 어두운 글인데 밝다는 느낌을 많이 받았어요."

나는 속으로 생각했다.

'당연하지. 우울해서 쓴 게 아니라 어쨌든 극복하려고 토해낸 글이 니까'라고 마음속으로 생각했지만 겸손의 미덕을 발휘했다. 그의 칭 찬은 나를 부드럽게 만들었다.

"님의 글이 더 공감돼서 매일 구독하듯이 읽고 있습니다."

우리는 자신의 글에 대해 이야기를 하면서 자연스럽게 공감대를 형 성해 갔다. 그는 나에게 조심스럽게 커밍아웃을 했다.

"사실 저도 돌싱입니다. 그래서 님의 이야기가 너무 와 닿았어요. 저도 이혼 이후에 한 번도 제 마음을 이야기하지 않았어요. 사람들의 시선이 두려웠고, 이별과는 조금 다른 아픔에 상처가 많았거든요. 그 러다 보니, 마음의 상처를 받은 사람을 보면 공감이 잘되더라고요. 어 쩌면 제가 듣고 싶은 이야기를 마음이 아픈 사람들에게 해 주면서 위 로를 받는 것 같아요. 그런데 님의 글을 보고 저와 성격도 비슷하신 것 같고 꼭 한 번 대화해 보고 싶었어요."

비슷한 처지인 사람을 온라인으로 만났다는 것이 매우 아쉬울 정 도로 나 또한 그와 말이 잘 통한다고 느꼈다. 같은 돌싱이라는 처지 로 말하지 않아도 우리만 알 수 있는 아픔을 너무나도 잘 아는 것이 매우 컸다. 겪어 봤기 때문에 같은 처지가 이해가 되었다.

"님과 대화하니 너무 기분이 좋네요. 우리 앞으로 친하게 지내요."

그 일이 있고 일주일쯤 지났을 때 그에게서 다시 연락이 왔다. 바쁜 시기여서 퉁명스럽게 단답형으로 대답했더니, 한참 뒤 확인한 장문의 카톡은 이렇게 적혀 있었다.

"일주일 동안 님이 생각이 났어요. 한동안 글을 올리지 않기에 무슨 일이 있나 걱정이 되기도 했고, 오늘은 어떤 기분일지, 무슨 일을 하고 있을지 궁금했어요. 하지만 부담스러워하실까 봐 조심스러웠어요. 오늘 제가 좀 우울한 날인데, 한동안 남한테 절대 기대지 말아야지, 아픈 건 말하지 말아야지 하며 살다가 일주일 전에 님과 이야기를 하면서 다른 사람이 저에게 하는 고민 상담을 님에게 하고 싶다는 생각이 들었어요. 그런데 오늘 많이 바쁘신지 제가 방해되는 것 같네요. 죄송해요."

사실 정말 바빴고, 조금 귀찮았었다. 그런데 이 장문의 메시지를 받고 매우 미안해졌다. 나도 이혼 이후에 매우 아팠지만 누군가에게 기대는 것이 매우 어려웠다. 다른 사람들이 떠날까 봐 두려웠고 부정적인 에너지는 빨리 퍼진다고 생각했기 때문이다.

"무슨 일 있어요?"

"그냥 좀 허해서요. 내 편이 없고 기댈 곳이 없다는 생각이 들었는데, 친한 친구들도 안 떠오르는데 님이 떠오르더라고요. 그래서 연락해 봤어요."

나도 한동안 기댈 곳을 찾았던 적이 있다. 나는 그와 감정을 나누었고 그는 말했다.

"역시 님과 이야기하니까 기분이 풀렸어요. 오늘 내 이야기 들어줘서 고마워요. 깊이 이야기하지 않아도 알아줘서 좋네요. 님도 우울할 때 언제든 나를 찾아 줘요. 내가 님의 기댈 곳이 되어 주고 싶어요."

나는 그에게 싸이의 「기댈 곳」을 들어 보라고 추천해 줬다.

"솔직히 내 생각보다 세상은 독해요. 솔직히 난 생각보다 강하
진 못해요. 하지만 힘들다고 어리광부릴 순 없어요. 버틸 거야, 견
딜 거야, 괜찮을 거야. 하지만 버틴다고 계속 버텨지지는 않네요.
그래요. 나 기댈 곳이 필요해요."

그렇게 나는 그에게 기댈 곳이 되어 주었다.

항상 난 세상이 날 알아주길 바라.
실은 나 세상이 날 안아주길 바라.

괜찮은 척하지만 사는 게 맘 같지는 않아.
저마다의 웃음 뒤엔 아픔이 있어.
하지만 아프다고 소리 내고 싶지는 않아.

- 싸이, 「기댈 곳」 중 -

사랑이란?

"제 나이는 30대 후반 미혼입니다. 저에게는 3개월 정도 교제한 9살 어린 20대 여자 친구가 있습니다. 만나 보니 좋은 감정이 생겼고 그래서 알아가는 중입니다. 그런데 여자 친구가 며칠 전 다섯 살 난 딸이 있다고 고백을 하더라고요. 그 뒤로 갑자기 집착하는 듯한 행동을 하고, 계속 사귈지 말지 정하라고 강요했습니다. 저는 아직 생각 정리가 안 돼서 혼란스럽습니다. 정들기 전에 그만하는 게 좋을지, 지금 선을 긋고 안 만나는 게 좋을지 고민이에요. 조언 부탁해요."

이혼한 나에게 소개해 준 고민남의 고민이었다.

"정들기 전에 그만하는 게 좋을지 선을 긋고 안 만나는 게 좋을지 결국 헤어진다는 말씀이시네요? 답이 정해져 있는 것 같은데 고민이 되는 이유는 뭔가요?"

"제가 나이가 좀 있어서요. 서로 상처받기 전에 헤어지는 게 좋은 건지 선을 긋고 적당히 만나는 게 좋은 건지 헷갈려서요."

"정확한 고민이 뭔지 물어볼게요. 다섯 살 딸이 있는 게 고민인 건가요, 정식으로 사귀는 게 고민인 건가요, 27살이라는 것이 고민인 건가요, 미래가 고민인 건가요, 아직 정이 들지 않았다는 게 고민인 건가요?"

"다요…."

나는 사실 그때 생각했다.

'그는 그녀를 사랑하고 있지 않았다.'

최근 들어 '사랑이라는 것이 무엇인가?'에 대해서 깊이 생각해 본 적이 있다.

내가 이때까지 받았던 사랑은 상대의 희생과 헌신, 배려였다.

어쩌면 나도 이런 사랑을 갈구하기 때문에 요즘 만났던 사람들에게는 그런 사랑을 못 느꼈다고 생각했을지도 모른다. 내가 보는 그도 그랬다.

"상처를 주고받을 수 있다는 건 무슨 뜻인가요? 여자 친구가 다섯 살 아기의 존재에 대해 고백을 하지 않았더라면 고민이 아닐 수 있었나요?"

"만약 만나다가 헤어지면 상처라고 생각해요. 차라리 나한테 고백을 안 했으면 저도 부담스럽지 않았을 것 같아요."

"우선 사람과 사람 사이에 만나다가 헤어지는 것을 상처라고 전제한다면 상처가 없는 사람은 없겠죠? 다만, 제가 봤을 땐 여자 친구의 다섯 살 아기를 감싸줄 만큼 사랑하지는 않는다는 것이 상처일 것 같아요. 좋으면 사실 앞뒤 생각 안 하고 그녀만 바라보지 않을까 하네요."

"제가 보수적이라서 그런가 봐요."

"보수적인 게 아니라 겁이 많고 두려운 거죠. 보수적인 건 지키는 거라고 생각하는 데요. 자기 자신에게 솔직해져 봐요."

"네, 솔직히 여자 친구의 아이까지 감싸 줄 만큼 그 여자 친구를 잘 아는 게 아니라서 부담되는 것 같아요."

"네, 좋아요. 그럼 그 마음을 저한테 말한 것처럼 여자 친구와 대화해 보는 건 어떨까요?"

"어떻게요?"

"저라면 이럴 것 같아요. '나는 너를 너무 좋아하지만 3개월 만난 사이에서 아기까지 감싸 주는 건 내 감정이 부담이야. 하지만 앞으로 시간이 지나면 아이를 감싸 줄 수도 있고 우리 관계가 아이와 상관없이 어떻게 될지 모르는 상황이잖아. 그러니까 지금 좋은 감정을 가지고 둘만 보고 연애를 하고 싶어' 이렇게 본인의 감정과 의견을 맘 상하지 않게, 오해하지 않게 말씀해 보세요. 그리고 그 여자 친구의 말도 들어보시고요. 만약에 그 여자 친구분이 '안 된다. 아이까지 감싸 주지 않으면 연애 못 한다'라고 말하면 인연이 아닐 거고요. '알겠다'고 해도 오히려 계속 아이가 거슬리면 관계가 소원해지겠지요. 그건 그다음 문제니까요. 그럼 언제나 만남에는 이별이 있듯이 끝나겠죠."

나는 이 말을 하고 생각했다.

'역시 난 말은 잘해요. 너도 이렇게 연애를 잘해 봐라.'

그리고 나는 노파심에 말을 이어 갔다.

"그런데 주의할 게 한 가지 있어요. 헤어질 때 그 사람의 미래를 위해서 아이 때문에 헤어진다는 뉘앙스는 안 주는 게 좋을 것 같아요. 그 여자는 기대고 의지할 사람을 필요로 할 수 있는데, 한 사람으로 인해서 다음 사랑이 겁이 난다면 슬프잖아요. 그래도 한때 내가 사랑했던 사람에게 두려움을 남기는 남자는 되지 않기를 바라요."

어쩌면 의지하고 기댈 곳이 필요한 내가 듣고 싶었던 말이었던 것 같다.

사랑에는 흑백논리도, 정답도 없다.

물론, 내가 그에게 했던 말들이 정답이 아닐 수도 있다. 하지만 나는 상처받을 것이 두려워 행복한 현재를 즐기지 못했던 사람으로서 덜 상처받는 예의를 지키길 바랐던 것 같다.

"헤어질 마음은 없었어요. 다만 지레 겁먹고 고민하는 나 자신이 못나 보이네요."

"연애하면서 배우는 게 있겠죠. 헤어지기 싫으면 앞으로 다가올 미래에 대한 두려움보다는 지금 현재를 잘 헤쳐 나가세요. 또 아나요? 지금 헤쳐 나가는 길들이 앞으로 헤쳐 나갈 길들에 도움이 될 수도 있잖아요."

"여자 친구는 저를 만나는 게 무의식적으로는 지금 처한 상황에서 벗어나고 싶기 때문인 것 같다고도 하더라고요."

"솔직해서 저는 좋다고 생각해요. 그게 아이가 있는 상황이 아니고 전 남자친구에게 버려진 일반적인 트라우마가 있다고 생각한다면 그건 수긍이 될까요? 상황과 기준이 다를 뿐이라고 생각하는데요. 그래서 부담스러워하는 마음은 이해가 되고 존중합니다."

내가 이혼한 이후에 했던 연애의 이유가 그랬다. 기댈 곳이 필요했고, 내 편이 필요했고, '틀렸다'고 말하지 않는, '괜찮다'고 말해 주는 안정감 있는 관계가 필요했다. 나는 그런 말들을 외부에서 찾았고, 그래서 의미 없는 지나가는 사람들의 말에 혼자 상처받았었다. 하지만 시간이 지나고 내가 만나는 사람들 사이에서 내가 만든 정답은 기준이 다르고 상황이 다르다는 것. 이것을 인정하고 난 이후에 나는 나의 현재 감정에 충실했고, 괜히 일어나지 않은 일에 상처를 주고받지 않았고, 굉장히 편안해졌다.

듣고 싶은 말

"아무 이유 묻지 말고 그냥 나랑 같이 있어 줄 수 있나?"

이틀 밤을 새우고 난 뒤 뻘겋게 충혈된 눈을 비비며 나는 길거리에서 펑펑 울고 있는 친구를 만났다. 사실 원래 성격대로 했다면 '미안, 나 진짜 너무 피곤해서 못 나가'라고 말했겠지만, 그날따라 그렇게 수화기 너머로 서럽게 우는 그녀가 걱정되었다. 그리곤 내가 저렇게 울때 아무도 나의 손을 잡아 주지 않았던 지난날들이 떠올랐다.

회 한 접시에 소주 한잔 들이키며 그녀는 남자 친구로부터의 넘쳐나는 부담스러운 사랑에 대해 이야기했다. 누구에게나 있을 법한 이야기였고, 그저 스쳐 가는 하나의 연애 이야기였다. 그런데 그녀는 왜 그렇게 많이 울었을까? 멈추지 않았던 그녀의 눈물은 소주 1병을 비우고 나서야 멈추었고, 술이 알딸딸하게 취했던 그녀의 진심은 그때부터 시작되었다.

그녀 또한 우울증으로 고생했고, 병원에서 수면제를 처방받으며 몇 년을 살았다. 어린 시절 평범하지 못한 가정에서 자랐고, 사랑받지 못하는 자신을 어떻게든 바꿔 보고자 내성적인 성격을 외향적으로 바꾸는 데 많은 노력을 했다고 말했다. 그러면서 자기 자신을 꽁꽁 숨긴 채 밝은 모습을 보이기 위해 노력했다. 자신의 성격을 누르고 참고 견디던 세월이 별것 아닌 연애 스토리에서 눈물로 터진 것이었다. 연애 스트레스를 핑계 삼아 쌓아 왔던 슬픈 감정들을 털어내는 것 같았다.

"그래, 실컷 울어. 슬픔은 나쁜 게 아니야. 진실한 감정이기 때문에 있는 그대로 배출해내면 돼. 우는 게 잘못된 게 아니라 우는 걸 표현하는 방법이 잘못됐기 때문에 우리는 울지 말라는 말을 많이 하는데, 오늘은 울어도 되니까 실컷 울어."

나도 너무 슬펐음에도 울지 말아야 했던 경험이 있었다. 울지 못했던 감정들은 없어지는 것이 아니라 나의 내면에 무의식적으로 쌓여 나도 모르게 다른 감정이 표출될 때 더 격해졌다. 나는 그녀도 나처럼 자신의 다른 감정에 슬픔이 묻어나오지 않길 바랐다. 그녀를 위로하던 나에게 그녀는 말했다.

"나는 네가 참 좋다. 너는 내가 가지지 못한 이성을 가졌어. 나는 참 감정적인데, 너는 참 차갑고 이성적이야."

'내가 이성적이라고? 내가 차갑다고?'

그러고 보니, 내가 힘들거나 외로울 때 나는 그녀에게 손을 내민 적이 없었다. '친한 친구'라고 늘 이야기해 왔던 그녀였는데, 그녀가 나보다 더 힘든 사람이었다는 것을 알았기 때문에 나의 짐까지 그녀에게 짊어지고 싶게 하지 않았던 것 같았다.

그래서 항상 나는 그녀를 위로해 주는 편이었고, 그래서 그녀가 먼저 나를 찾는 일들이 잦았다. 그럴 때마다 나는 그녀의 감정적인 대응을 이성적으로 침착하게 객관적으로 해결할 수 있도록 도와주는 역할을 해 왔다. 내가 이성적인 것이 아니라 그녀가 나보다 더 감정적이었기 때문이었다. 나의 일이 아니었기 때문에 더 객관적일 수 있었기 때문이었다.

"오늘 나랑 같이 있어 줘서 고마워. 오늘 생각나는 사람이 너밖에 없더라. 너무 힘든데 내 손을 잡아 줄 것 같은 사람이 너밖에 없었어. 나는 네가 참 좋아."

조금 취한 그녀는 소주잔에 소주를 가득 따라 붓고는 '짠'을 외치며 원샷을 하더니, 이어 말했다.

"나는 네가 참 멋있는 여자인 것 같아. 넌 어떤 일이든 감정에 휘둘리지 않고 일을 완성하잖아. 시작하면 이성적으로 끝까지 해내는 모습이 나에게 없는 모습이기 때문에 너한테 많이 끌렸어. 맨 처음 우리가 친해졌던 날 생각나? 내가 너에게 고민이 있어서 조심스럽게 전화했는데, 너는 마치 너의 일인 듯이 성심성의껏 방법을 찾아 주면서 1시간 동안 전화를 붙잡고 있었어. 분명 너도 할 일이 있었을 텐데, 그때 나는 너랑 친해지고 싶다는 생각을 했지."

내가 그녀와 친하다고 생각했던 시점과는 많이 일렀기 때문에 놀랐지만, 그녀는 늘 이런 나의 모습을 부러워했다. 이렇게 대놓고 칭찬하는 친구에게 괜히 쑥스러웠다.

"난 그저 일을 처리할 수 있도록 방법을 도와준 것뿐이야."

"이런 게 참 차갑단 거야, 계집애야! 공과 사가 확실하고 좀 아니어도 '그래 맞아' 하면서 친구답게 말해 주면 안 되냐?"

나도 그녀와 똑같이 소주잔에 소주를 가득 따라 붓고 원샷을 하며 말했다.

"그래, 나는 너의 이런 솔직한 감정 표현이 맘에 든다. 나는 뭐가 그렇게 두려워서 감정을 잘 표현하지 못할까? 나는 오히려 너의 이런 성격이 참 좋아. 부러워."

그녀에게 처음으로 표현한 나의 한마디에 그녀의 눈이 커졌다.

"사랑한다."

늘 술에 취하면 사랑한다고, 참 좋다고, 거침없이 애정을 표현하던 그녀였다. 늘 그렇게 표현하는 그녀가 부담스러워서 장난하듯 밀어내는 나였는데 그날따라 그런 표현을 하는 그녀가 조금 다르게 보였다.

어쩌면 그렇게 술에 취한 그녀의 애정표현은 그녀가 너무나도 듣고 싶어 하는 말일 수도 있을 것 같다는 생각이 들었다.

우리는 자신이 가지지 못한 성격이 부러워 그런 성격을 가진 사람에게 끌리는 경향이 있다. 그래서 남녀 사이에는 그런 면이 '반대가 끌리는 이유'라고 보이지 않을까? 그녀도 어쩌면 자기 자신보다 덜 감정적이고 이성적으로 문제를 해결하는 나에게 친해지고 싶다는 끌림을 느꼈을 수도 있겠다고 생각했다. 그리고 친해지고 보니, 그런 끌림이 자신이 가진 따뜻함과는 반대로 차갑게 느껴졌을 수도 있을 것 같았다. 나는 마지막 잔을 비워내며 그녀가 듣고 싶어 하는 말을 했다.

"야, 너 참 괜찮은 사람이야!"

우리는 가끔 우리가 듣고 싶은 칭찬을
타인에게 먼저 할 때가 있다.

'나' 자신을 위해서 사랑받는 거야

"언니, 저 좋아하는 남자가 생겼어요…."

평소에 나를 잘 따르던 동생이 희소식을 전했다. 재혼 가정에서 자라 엄마와 아빠가 다른 언니, 오빠들과 어린 시절을 보냈던 그녀는 성장 과정에 있었던 상처를 이야기하다가 친해졌었다.

"어떤 남자야?"

그녀가 나에게 말끝을 흐리며 꺼낸 것은 이유가 있다고 생각했다.

"운동 동호회에서 알게 된 오빠예요. 운동하고 나면 술도 한잔씩 하면서 이야기를 하다 보니 친해졌어요."

"잤어?"

나의 질문에 놀란 눈으로 그녀는 대답했다.

"아니요. '아직'이요."

그녀의 얼굴은 근심과 걱정으로 가득 차 있었다. 말을 하고 싶지만, 말을 해도 되는지 모르겠다는 표정이었다.

"'아직'이라는 말에 굉장히 큰 뜻이 있는 거 같은데? 무슨 고민인데?"

사연은 이랬다.

마음이 허했던 그녀는 운동에 취미를 붙여 가고 있었다. 그 운동 동호회에 가입했고, 거기서 알게 된 사람들과 어울리게 되었다고 했다. 그 중 언변이 좋고, 자신의 말을 잘 들어주는 오빠를 알게 되었는데, 그 오빠와 단둘이 술을 마신 적이 있었다고 했다. 남자 친구가 없었던 그녀는 그에게 호감을 느꼈고, 좋다고 고백을 했다고 했다.

알고 보니 그는 여자 친구가 있었고, 그녀는 여자 친구가 있다는 말에 마음을 접기로 했다고 했다. 하지만 좋아하는 마음을 단칼에 접을 수 없었다. 그녀는 친한 오빠 동생 사이는 문제가 되지 않으리라고 생각해서 운동이 끝나면 가끔 술자리를 가졌다고 했다.

하루는 혼자 사는 그녀의 집에서 단둘이 2차를 하게 되었는데, 그녀는 그에게 자신의 집안 사정을 이야기하면서 울었고, 그는 그녀를 위로해 주면서 안아 주었다고 했다. 술에 취해 울면서 잠이 든 그녀는 눈을 떠 보니 본인의 침대였다. 다행히도 그녀는 옷을 모두 입은 채였지만 그가 뒤에서 그녀를 안고 잠이 들어 있었다고 했다. 술도 잠도 깬 상태에서 자신을 안고 잠든 그를 깨울까 봐 눈만 뜬 채로 두근거리는 심장을 붙잡고 잠든 척하고 있을 때, 그의 손이 자신의 가슴 앞까지 왔다가 가면서 망설이는 모습이 포착되었다고 했다. 결국 그는 그녀가 잠든 것을 확인하고 그 집을 나갔다고 했다.

"언니, 그런데요. 저 오빠가 그냥 본능적으로, 마음이 가는 대로 했어도 저는 마음이 끌렸을 것 같아요. 그 순간 정말 많은 생각을 했거든요? 잠이 깬 척을 할까? 오빠한테 싫다고 말할까? 여자 친구랑 헤어지고 오라고 할까? 그냥 모르는 척 마음이 가는 대로 할까? 오빠가 절제하지 않고 저를 덮쳤어도 저는 그 오빠를 좋아했을 것 같아요.

지금도 그 오빠가 너무 좋아요. 어떻게 하죠?"

나도 그녀와 같은 나이에 여자 친구가 있었던 남자를 좋아했던 적이 있다. 그때 나는 그 오빠를 좋아하는 마음보다는 여자 친구가 있는 사람과는 사귀면 안 된다는 도의적인 죄책감이 매우 컸었다. 그래서 그와의 시간을 보낼 때는 최선을 다하되, 선을 넘지 않았었다. 지금도 그 마음에는 변함이 없지만, 이혼하고 난 이후 선의 기준이 조금은 달라졌다.

나는 그녀에게 말했다.

"서로가 원해서 잠자리를 하는 건 그 관계가 어떠한가가 중요한 건 아닌 거 같아. 하지만 남자 친구, 여자 친구 또는 부부의 관계가 아니었을 때 이루어지는 잠자리의 경우에는 앞으로의 깊은 관계가 되는 데 방해 요소가 되더라. 내 경험상으로는 그랬어. 지금은 너무 좋은 관계이고, 호기심이 있고 관심을 가질 수 있는 관계에서 가능성이 있지만, 만약에 내가 너였다면, 그분이 여자 친구와 헤어지고 오기를 기다릴 것 같아. 베일에 싸인 채로 그 남자의 호기심을 자극해 봐. 너무 쉬운 여자가 되면 네가 상처받을 수도 있어."

회상해 보면 이혼하고 난 후 나는 외롭다는 이유로 사람들에게 의지하고 기댄 적이 많았다. 그리고 그 관계를 놓고 싶지 않아서 관계하는 모든 사람이 하자는 대로 해 줬었다. 그러면 내 곁에 있을 거라고 생각했고, 나를 바라봐 줄 것이라고 생각했지만 아니었다. 어느 순간 나는 관심을 받고 싶어 하는, 그저 정을 그리워하는 쉬운 여자가 되어 있었다. 가장 중요한 것이 '나'였기 때문에 나를 위해서 의지하고 기댔던 사람들에게 오히려 중요하지 않은 사람이 되어 있었다.

"그 사람이 너무 좋다고 해서 그 사람 말을 잘 들으면 그냥 그에게 너는 내 말을 잘 듣는 착한 아이밖에 안 돼. 시키는 대로. 그가 원하는 대로 해 주면 넌 오히려 그의 마음을 못 얻고 떠나가는 그에게 상처받을 수도 있어. 가장 중요한 건 결국 '너' 자신이거든."

Part 6

갈등의 의미

인연의 운명

내 사람을 잃고 나서 공허함이 컸던 것일까? 나는 그 자리를 메우려고 인간관계에 집착하기 시작했다. 대외활동도 많이 했고, 네트워킹이 있으면 명함을 뿌리면서 나를 적극적으로 알리려 안간힘을 썼다. 하지만 얕은 비즈니스 관계를 쌓아 갈수록 공허함은 더 커졌다. 잘못된 주소를 찍고 감정을 공유하러 가는 것 같았다.

그러던 어느 날, 나는 비즈니스 네트워킹 파티에서 한 사람을 알게 되었다. 그는 본인을 타인 중심적인 사람이라고 소개를 했고, 당시 조금 삐딱한 시선으로 세상을 바라보고 있던 나는 그가 '오지랖 넓은 사람'처럼 보였다. 하지만 술이 한 잔, 두 잔 들어가면서 대화하다 보니 우리는 잘 통했고, 나는 그와 친구가 될 수 있겠다는 믿음이 생겼다. 오랜만에 느끼는 감정이었기 때문에 나는 그와 함께하는 시간이 즐거웠다. 새로운 사람을 알아 가는 것에 대해서 흥미로움과 호기심을 느꼈다.

우리는 그날 이후 둘이서 자주 만났다. 오랫동안 알고 지낸 친구 같았고 좋은 만남이 지속되던 때에 우리는 다시 비즈니스 네트워킹 파티에서 네 번째 만남을 했다. 처음보다 가까워졌다고 생각했지만, 일로 알게 되었기 때문에 다른 사람들에게 괜히 우리의 관계에 대해 오해받을까 조심스러웠다. 이혼하고 난 뒤 나는 남편을 잃은 것뿐만 아니라, 남편과 나 사이에 관계한 많은 사람을 잃었다. 특히 비즈니스를 하면서 친구가 되어 가는 우리 사이가 다른 사람의 시선으로 오해받기 싫었다. 지금 생각해 보면 지레 겁을 먹었던 것 같다. 사람들의 입에 우리의 관계가 오르내려 어색해진 사이가 되는 것이 괜히 두려웠다. 나는 죄를 지은 것도 아닌데, 괜히 거짓말을 한 사람처럼 그에게서 멀리 떨어져 앉았고, 다른 사람들과 더 많이 이야기를 나눴다. 한참 시간이 흐른 뒤, 내가 그를 찾았을 때, 그는 네트워킹 장소를 빠져나간 뒤였다. 전화해도 받지 않았고, 나는 그를 걱정하며 집으로 돌아왔다.

잘 준비를 하고 메시지를 확인하고는 깜짝 놀랐다.

"오늘 정말 실망했습니다. 어떻게 다른 남자에게 웃으며 '매력적이다', '귀엽다'라는 말을 할 수가 있어요? 그것도 모자라서 재미있다고 다른 남자 어깨를 치는 거리낌 없는 스킨십에 놀랐어요. 너무 놀라서 오늘 먼저 집으로 왔습니다. 정말 실망스러운 모습이었네요."

너무 당황스러웠다. 기억을 더듬어 봤다. '귀엽다', '매력적이다'라는 말은 상대를 칭찬하기 위한 나의 습관이었을 것 같았다. 그리고 어깨를 치는 스킨십을 한 건 정말 기억이 나지 않았다. 무엇보다도 왜 이런 내 모습이 실망스럽다는 거지?

그는 내 남자 친구도 아니었고, 내가 다른 사람들에게 꼬리 치는 여자로 보는 것 같아서 기분이 상했다. 평소처럼 답장을 보내지 않거나 따져 물어야 했는데, 나는 그와의 관계를 놓고 싶지 않았다. 마음에도 없는 사과의 답장을 보냈다.

"미안해요. 실망했다면 사과드립니다. 하지만 저의 습관은 다른 사람을 칭찬하기 위한 말들일 거예요. 이때까지 다른 사람의 장점을 보고 칭찬하는 것이 저의 장점이라고 생각했는데, 그게 실망할 행동이었다고 하니 안타깝네요. 우선 다시 한 번 사과드립니다. 그리고 스킨십은 무의식중에 나온 거예요. 제가 이런 변명을 하는 것도 우습지만 절대로 헤픈 행동은 아니었어요."

오랜만에 느꼈던 사람에 대한 호감의 감정이라, 이런 당황스러운 상황에 나는 어리둥절했다. 연인 관계는 아니었지만, 친구가 될 수 있다는 미련에, 또다시 사람을 잃고 싶지 않았던 나는 계속 사과를 했다.

"만약에 나라도 저의 그런 행동을 하면 실망했을 거 같아요. 다시 한 번 더 사과할게요."

그 후 연락이 뜸해지기는 했지만, 우리는 예전처럼 친구가 되는 듯했다. 나는 그에게 특별한 친구가 되고 싶었고, 그래서 많은 시간을 그에게 투자했다. 그렇게 공허함을 채워 가던 어느 날, 그가 퇴근 후 사업적인 고민이 있다며 나에게 상담을 요청했고, 나는 그와 시간을 보낼수록 사람으로서의 그에 대한 호감이 계속 커졌다.

'역시 내가 사람을 잘못 본 게 아니었어. 우리는 친구가 될 수 있을 거야.'

마음을 나눌 수 있는 사이로 남고 싶었기 때문에 많이 피곤했지만 밤늦게 찾아와도 거부하지 않고 그와 함께 대화하며 그의 일을 함께 해결하려고 애썼다. 그렇게 좋은 비즈니스 관계인 듯 친구인 듯한 관계가 이어지는 것처럼 보였다. 하지만 사건은 얼마 되지 않아 터졌다.

한동안 일이 바빠 네트워킹에 참여하지 않았고, 그와의 연락도 점점 뜸해졌다.

"누나 몰랐어요? 그 형 여자 친구 생겼어요."

무엇보다도 친구 관계가 되어 가던 그에게 여자 친구가 생겼다는 소식에 나는 그에게 연락하면 안 될 것만 같았다.

한동안 내가 보이지 않는 것이 신경 쓰였는지, 오지랖 넓게 사람을 챙기는 습관 탓인 건지 그에게서 한 통의 전화가 왔다.

"요새 왜 안 보여요? 바빠요? 무슨 일 있어요?"

나는 친구에게 투덜대듯이 말했다.

"내가 일일이 보고해야 해요?"

다소 거친 나의 말투에 그는 당황했는지, 안부만 묻고 전화를 끊었다. 전화를 끊는 순간 후회가 되었다. 너무 편하게 대한 나의 행동이 그에게 불편했을 것 같았다. 나는 급하게 메시지를 보냈다.

"미안해요. 내가 오늘 좀 예민해서 말이 좀 공격적으로 나왔나 봐요. 사과할게요."

인간관계에 대한 끈을 놓고 싶지 않은 집착이었다. 그렇게 기다린 그의 답장은 우리 관계가 끝났다는 것을 암시했다.

"예민하면 나는 그 예민함을 다 받아 줘야 해요? 우리 그냥 모르는 사이로 지내요."

타인 중심적이고 사람을 좋아해서 나와의 끈을 놓치고 싶지 않았던 그의 노력과 그와 잘 지내고 싶어서 했던 나의 노력에 대한 타이밍은 맞아떨어지지 않았다. 우리는 그렇게 다시 모르는 사이가 되었고, 가끔 마주칠 때 눈인사만 주고받는 사이가 되었다.

이혼 후 마음을 나눌 수 있는 친구에 대한 갈증으로 한 사람을 만났다고 생각하니, 나는 거리감을 조절하지 못하는 어린애가 된 것 같았다. 공허함에 나를 이해해 줄 것으로 생각하며 친구를 찾았던 무늬만 어른이었던 30대의 나는 그렇게 또 한 사람을 잃었다. 그래도 짧은 인연이었지만 친구가 될 수 있다는 감정을 느끼게 해 준 그가 고마웠다.

MC 태현 노래 중에 「사랑하는 사람을 잃는다는 것」이라는 노래에는 내가 참 좋아하는 내레이션이 나온다.

> "처음부터 나한테 올 게 아니었다면 다른 누군가에게 가겠지, 나와 인연이 아니었다면 언젠가는 잊어야 하는 거야. 그것이 사람이건 물건이건 다른 사람에게 갈 수 있도록 버릴 건 버려야 하는 거야."

고등학교 때 참 좋아했던 노래 가사였다. 문득 이 노래가 떠올랐다.

무심코 던진 돌에 개구리는 맞아 죽어

나는 교육서비스업으로 사업자등록증을 냈다. 강사가 아닌 여성 CEO로서 한 걸음 더 성장하기 위한 도전이었다.

사업을 위해 사업계획서 제출과 면접을 보고 정부 지원 사업을 통해 임대료 지원금과 사업화 지원금을 지원받았다. 그리고 공유 오피스에 입주했다. 어떤 공유 오피스에서 나의 꿈을 펼칠 수 있을까 고민하다가, 지원 사업을 받기 위해 애써 주신 오픈형 공유 오피스를 운영하는 대표님과 함께 일을 하기로 하고 계약서를 작성했다. 공유 오피스 근처로 이사해서 부모님으로부터 독립도 했다. 생활 방식과 일하는 패턴이 모두 한꺼번에 바뀌니, 생활에 적응하는 데도 상당한 노력이 필요했다.

특히, 7년간 혼자서 강사 일을 하다가 협소한 개인의 공간과 칸막이 없이 뻥 뚫린 사무실에서 일한다는 건 나에게 너무 힘든 일이었다. 그리고 모르는 사람들이 많은 오픈형 공유 오피스에서 배려와 이해가 필요한 시간이 생각보다 길어졌다. 이런 나를 보고 공유 오피스의 대표는 배려해 주시면서도 사무실에 잘 적응할 수 있도록 많이 챙겨 주었다.

8월, 우리는 공유 오피스 내 사람들과 단합을 목적으로 한 워크숍을 갔다. 배를 타고 들어가서 물놀이도 하고, 고기도 구워 먹고, 낚시도 하고, 술도 한잔 기울였다. 새벽 4시쯤, 하나둘씩 각자의 숙소로 들어가서 잠을 잤다. 평상시에 낯선 곳에서 잠을 못 자는 나였기에, 나는 혼자 밤을 새우기로 했다. 그런데 대표님이 술을 한잔 한 내가 걱정되었는지 밖으로 나오셨다. 자연스럽게 이어진 대화는 출퇴근 시간에 관한 것이었다. 그는 출퇴근 시간을 지켜야 한다고 했고 반대로 강의가 많은 나로서는 출퇴근 시간을 지켜서 공유 오피스를 사용하기는 힘들다는 의견 대립으로 이어졌다. 그는 나의 외근을 이해하면서도 은근히 걱정하는 눈치였다.

"그럼 대표님, 제가 나갈까요?"라는 나의 질문에 대표님은 당황하시면서 말했다.

"아니야, 그냥 일해. 있어!"

결론은 공유 오피스에서 함께 성장하자는 걸로 마무리되었다.

워크숍 후 8월 말부터 바빠지는 강의 시즌. 이동 시간을 포함하면 기본적으로 하루 10시간은 외부 활동이었다. 워크숍 때 출퇴근 시간에 대한 대표님과의 대화가 못내 미안했던 나는 강의와 강의 사이에 시간이 비면 집으로 가지 않고 한두 시간이라도 사무실로 향했다.

어느 날 터졌다.

평소에 컨디션을 조절하는 것도 강사의 역량이라고 생각하는 나는 아침에 강의가 있고 저녁에 다른 강의가 있으면 꼭 강의와 강의 사이에는 잠을 자려고 노력한다. 아침에 일찍 일어나서 컨디션 조절이 안 돼서 저녁 강의에 지장을 주면 프로답지 못하다고 생각했기 때문이다.

그날도 그런 날이었다. 아침 강의가 있고, 컨디션 조절을 해야 하던 날. 그래도 나는 대표님에게 노력하는 모습을 보이고 싶어서 잠을 자지 않고, 조금 피곤했지만 사무실로 향했다. 2시간 정도 사무실에 있다가 다음 강의를 가려고 인사를 하고 사무실을 나서는데 그는 사무실이 떠나가라 외쳤다.

"어디 농땡이 피우러 슬슬 기어가나?"

피로가 쌓여 있었던 것일까? 그의 장난기 섞인 말이 거슬렸지만 내가 예민하다고 생각하고 개의치 않는다는 듯이 웃으며 답했다.

"돈 벌러 다녀오겠습니다. 인증샷 남길게요."

직접적인 상사가 아니었던 그였기에 나는 그에게 일일이 보고하지 않아도 된다고 생각했고, 그렇게 오해하는 그가 큰 소리로 사람들 앞에서 나에게 망신을 주는 것 같아 속상했다. 하지만 이런 기분으로 강의할 수 없었기 때문에 나는 강의를 가서 인증샷을 찍고 사무실 단체 채팅방에 올려 기분 좋게 마무리하려고 했다.

"농땡이 아니죠. 강의하러 온 거 맞습니다."

그의 2차 농담은 다시 시작되었다.

"농땡이 치려고 어제 찍어 놓은 거 올리는 거 다 알아."

나는 사무실에서 한 번, 채팅방에서 또 한 번 많은 사람들 앞에서 농담하는 척 망신 주는 것 같아서 기분이 안 좋아졌다.

강의가 끝난 후 나는 진지하게 개인적으로 그에게 장문의 메시지를 보냈다.

"대표님은 왜 저를 못 믿으세요. 최대한 강의와 강의 사이에 사무실 지켜 가려고 노력하고 있습니다. 늘 사무실에 적응할 수 있도록 도와주시는 건 감사하며 살고 있습니다. 하지만 공개적인 의심은 삼가 주세요. 부탁할게요. 강사로서 사명감과 자부심이 나름 큽니다. 앞으로의 사업도 마찬가지일 겁니다. 누군가에게 거짓말하고 의심 사면서 제 업을 못 지키는 사람으로 살고 싶지 않습니다. 더 믿어 달라는 말은 하지 않겠습니다. 다만 저 자신을 제가 믿고 지키는 사람으로 살고 싶습니다. 도와주십시오."

메시지를 보내자마자 바로 전화가 왔다.

"미안, 미안, 장난이다. 장난도 못 치나? 왜 이래 소심하나? 친해지려고 그러는 거지!"

"아, 대표님, 그래요? 제가 오해했네요. 대표님이 사과하셨으니 제가 또 쿨하게 넘기겠습니다."

알고 보니, 그와 나의 통화는 우리만의 통화가 아닌 스피커폰으로 사무실에서 실시간으로 공유되는 중이었다.

누군가는 이렇게 말할 수도 있다.

"웃자고 한 말에 죽자고 덤벼드는구나."

하지만 상대가 싫은 건 안 하는 것이 예의이고, 계속하는 것이 폭력이 될 수 있다. 피해자가 웃으면서 거부하든, 진지하게 거부하든 거부하는 사람이 소심한 것이 아니라, 장난으로 돌을 던진 가해자가 그만 해야 하는 일이다.

전문가의 능력

나는 2019년 하반기부터 지난 2년간 미뤄 뒀던 논문을 다시 시작했다. 석사학위를 받기 위해 목표를 잡고 다시 교수님을 찾아갔을 때 교수님은 이렇게 말씀하셨다.

"못 하겠어? 못 하겠으면 말을 해! 도움을 줄 수 있는 분을 따로 소개해 줄 테니까. 혼자 하지 말고, 도움을 요청해"라고 말했다.

나는 이 말이 굉장히 싫었다.

'너 혼자서 어차피 못 해. 그러니까 도움을 좀 청하면서 다른 사람에게 맡겨도 충분히 너의 성과로 보상받을 수 있어'라고 말씀하는 것이 나의 능력을 인정받지 못하는 것처럼 느껴졌다.

누군가의 도움으로 성과를 내는 것이 온전하게 나의 힘이 아니라고 생각했다.

"아닙니다. 교수님. 혼자서 한 번 해 보겠습니다."

그렇게 혼자서 써 봤던 논문은 교수님 눈에 엉터리로 보였다. 부족하고 미숙한 정도가 아니라 모두 갈아엎어야 한다고 했다.

"이렇게 하면 학위 못 줘! 지금 안 그래도 시간이 없는데 혼자 하겠다고 우겨서 이 지경까지 왔잖아. 못 하겠으면 도움을 요청하라고 했잖아!"

교수님은 내게 지속적으로 다른 분의 도움을 받아야 졸업할 수 있다고 권유했다. 틀린 말은 아니었다. 나는 스스로 할 수 있는 능력이 되지 않았고, 교수님은 2년 동안 연락이 없다가 갑자기 나타난 제자를 졸업시키고 싶었던 마음이 컸기 때문일 것이다. 그래서 어느 정도의 대가를 지불하더라도 혼자 힘보다는 전문가의 도움을 요청하는 것이 효율적이라고 판단했던 것 같았다.

나는 2년간 휴학을 하고 난 후 다시 시작한 논문이기에 내 힘으로 해내고 싶었고, 누군가의 도움 없이 이루었다는 것을 보여 주고 싶은 욕심이 컸다. 하지만 계속되는 대립은 교수님께 대들었던 2년 전을 떠올리게 했다.

2년 전, 나와 다른 의견이면 먼저 따지고 보는 성격 탓에 교수님은 나와 함께 하는 시간을 매우 힘들어하셨다.

"석사 과정은 학사와는 달라. 학사 과정은 모르는 곳을 배우는 곳이지만, 석사 과정은 네가 연구해서 네가 스스로 알아가는 곳이야."

"교수님, 학생은 교수한테 배워야죠. 제가 질문을 했으면 교수님이 답을 내주셔야 하는 거 아닌가요?"

학사 초년생처럼 교수님께 따지고 들었다. 그런데도 대학원에서 막내면서 멋모르고 기어오르던 나에게 교수님은 많이 도움을 주셨다.

"원래는 교수한테 무조건 '알겠습니다', '죄송합니다' 하면서 굽신거리는 거야. 원래 교수가 다 그래."

나는 반박했다. "'악성 댓글이 다 그래'라는 말 때문에 연예인이 죽는 거야. '너만 힘드니? 나도 힘들어!'라는 말 때문에 마음의 상처를 받는 거라고!"

2년 전처럼 아직도 교수님과 대립하는 나를 보고 동기였던 선생님이 이야기하셨다.

"교수님이 시키는 대로 하지 않으면 졸업 못 해. 그러니까 교수님이 하자는 대로 해. 관행이 아니라, 교수님 이름이 같이 올라가잖아. 너만의 논문이 아니야. 교수님은 명예가 달려 있을 수도 있어. 미숙한 논문에 너 같으면 이름을 실어 주고 싶겠니? 고집 피우지 말고, 가끔은 리더를 따라가는 팔로워십도 필요한 거야."

『하버드 강의 노트』에서 하오런은 "타인에게 자기 생각을 강요하지 말고 눈높이를 맞춰 바라보면 불필요한 충돌을 피하고 분위기를 만들 수 있다"고 했다.

우리는 같은 걸 보는데, 보이는 게 다르니까.
리더를 따라가는 팔로워십을 통해서
나도 리더의 시각을 가질 수 있을 거야!

무조건 내 생각이 옳다는 편협한 생각으로 이기적으로 교수님께 민폐를 끼쳤다는 것이 죄송했다. 사업에서는 성과에 효율이 크려면 전문가의 도움을 받는 것도 능률이 오르는 방법임을 당연시하면서 나의 논문이라는 것에 사로잡혀 있었던 것 같았다.

나는 교수님께 솔직하게 말했다.

"교수님, 제가 제 논문을 완성하고 싶은 욕심이 있었습니다. 생각이 짧았던 것 같습니다. 도움을 주시면 감사히 도움받으면서 성장하겠습니다."

순식간에 작은 변화가 일어났다. 모든 것을 혼자 하려고 했을 때보다 조금 더 여유가 생겼고, 나의 주 업무에 집중할 수 있게 되었으며, 논문도 더 정확하고 전문적으로 쓸 수 있게 됐다. 무엇보다도 도움을 요청하면 적극적으로 도와주시는 분들이 많이 있었다. 나는 지레 겁을 먹고 있었다. 마지막 심사를 앞두고 나는 교수님과 심사위원님들께 감사의 인사를 했다. 도움을 주시는 분들이 없었다면 그저 졸업을 위한 엉터리 석사 논문이 나왔을지도 모르겠다는 생각이 들었다.

"늘 신경 써 주셔서 감사합니다. 날씨가 상당히 추운데 따뜻하게 건강 챙기십시오. 마지막 심사 날 뵙겠습니다."

진심 어린 마음이 통했던 것일까?

"끝까지 지치지 말고 마무리 잘해"라는 교수님의 답장은 추운 겨울 나의 마음을 따뜻하게 녹여 주었다.

부드러운 카리스마가 필요한 이유

"혹시 강사님, 이 단체 채팅에 계신가요?"

포럼과 관련하여 진행을 맡은 나를 찾는 메시지였다. 나는 포럼의 아나운서로 행사를 준비하고 있던 찰나였다.

"다름이 아니라 이번 포럼에 사회자 행사 관련 예산이 나올 것 같아서요. 강사님이 이번 포럼 운영하시니까 지금 건에 대해서 말씀드리려고 전화했어요."

2월부터 재능기부로 진행했던 포럼에서 행사비가 지급된다고 하니 당황스러웠다. 더군다나 이 포럼은 내가 초청받은 것이 아니고 운영진 모두가 함께 준비했기 때문에 행사비를 받는다는 것이 애매했다. 하지만 예산이 나왔다고 하니, 감사히 받겠다고 생각했다.

'우리 고생하는 운영진 밥 사 줘야지.'

예산에 대한 통화가 끝나고 나는 포럼의 책임관리자에게 이 사실을 알렸다. 그런데 그 책임관리자는 이 사실을 다르게 이해하고 있었다. 회사에서도 체계가 있듯이 포럼에도 체계가 있었는데, 책임관리자는 예산을 지급하시는 분이 직접 나에게 연락한 것이 잘못되었다고 느끼는 것 같았다. 틀린 말은 아니었다.

"앞으로는 아나운서님께 직접 전화하지 마시고요. 저한테 먼저 연락을 주세요."

다소 격앙된 목소리였다. 상대방도 지지 않았다.

"제가 아침에 메시지를 드렸고요. 먼저 연락을 드리면 답이 오는 기간이 너무 깁니다. 무작정 기다릴 수가 없어요."

"제가 포럼 일만 하는 게 아니지 않습니까?"

그들의 감정은 격해졌고, 목소리는 점점 높아졌다. 위태위태한 그들의 대화를 다행히 한쪽에서 마무리 지었다.

"네, 그럼 앞으로는 연락드리면 빠른 답변 부탁합니다."

그들은 일을 처리하는 입장에서 서로의 입장만을 고집했고, 서로가 상대를 존중하지 못한 채 자기의 말만 하면서 아쉬운 감정만 남은 채 통화를 종료했다. 한쪽의 말이 맞고 다른 한쪽의 말은 틀린 것이 아니었다. 다만, 서로를 조금 더 이해했더라면, 서로 먼저 미안하다고 했더라면 비즈니스 차원에서 감정적으로 대응되진 않았을 텐데, 안타까웠다.

책임관리자는 내게 말했다.

"우선 그 사람이 시키는 대로 보내 달라는 서류는 즉각적으로 보내 줘요."

나는 그의 부하 직원이 아니었지만, 책임관리자의 말에 따르지 않으면 또다시 감정싸움이 될 것 같았다.

"네, 알겠어요."

서류를 보내고 나는 지원을 해 주는 담당자에게 연락했다.

"담당자님, 요청하신 서류는 모두 보냈습니다. 메일 확인 부탁해요."

그는 매우 공손하게 답장을 보내 왔다.

"강사님, 혹시 시간대별 프로그램 순서 알 수 있을까요?"

"네, 제가 확인했는데, 아직 확정되지 않아서 확정되는 대로 책임관리자님과 연락하시면 더 정확한 정보 받을 수 있을 것 같습니다."

사실 시간대별 프로그램 순서를 나는 알고 있었다. 하지만 체계적으로 하지 않으면 책임관리자와의 문제가 또다시 일어날 것 같았다.

조직에서는 이런 갈등이 비일비재하게 일어난다. 사실 별것 아닌 일인데, 만들어 놓은 규칙을 무조건 따라야 하고, 규율이 지켜지지 않았을 때 발생하는 문제에 대한 책임이 사람을 예민하게 만드는 것 같았다. 이때 상대방의 관점에서 먼저 생각하고 본인이 잘못한 것을 스스로 먼저 사과하는 것이 먼저다. 이렇게 하면 문제가 발생했다 하더라도 최소한 감정싸움이 되지는 않을 것이다.

이기주의 『말의 품격』에는 이런 말이 나온다.

> "부드러움에는 강함에 없는 것이 있다네, 그건 다름 아닌 생명
> 일세, 생명과 가까운 게 부드러움이고 죽음과 가까운 게 딱딱함일
> 세. 살아 있는 것은 죄다 부드러운 법이지."

이기주 작가가 말하는 것이 부드러운 카리스마가 아닐까?

강매는 돕는 것이 아닙니다

우리나라는 예부터 상부상조를 미덕으로 여겨 왔다. 지금도 서로 돕고 돕는 미덕이 남아 있다는 것은 매우 감사한 일이다. 인간은 절대 혼자서는 살아갈 수 없어서 내가 부족한 것은 네가 돕고 내가 힘이 되면 또한 도와주는 것이 보람찬 일이다. 나의 도움이 누군가에게 기쁨을 주었다면 더할 나위 없이 행복할 때도 있다.

특히, 창업과 관련된 네트워킹을 하면서 나는 최근에 다른 사람에게 좋은 창업 정보를 전달할 수 있는 것이 있다면 적극적으로 홍보하는 등 도움을 줬다.

"이번에 부산에서 글로벌 창업 행사를 개최합니다. 행사는 1박 2일로 진행되며, 1박 2일 동안 스타트업 기업 홍보 영상을 무료로 계속 틀어 드리는 행사를 한다고 합니다. 관심 있는 대표님들은 저에게 기업 홍보 영상을 보내 주시면 행사 기간 내내 틀어 드리도록 하겠습니다."

우리나라뿐만 아니라 글로벌 CEO들도 참석하는 행사였고 창업 관련 관계자와 창업에 관심 있는 일반인들도 많이 오기 때문에 창업을 한 대표들에게 기업의 홍보 영상을 반복적으로 틀어 준다는 것은 큰 장점이라고 생각했다. 그것도 공짜로!

나는 2주간 여러 곳을 홍보했고, 나에게 기업 홍보 영상을 보내 준 대표님들은 좋은 정보를 전달한 것에 대해 감사해하셨다. 나 또한 같이 상생하는 창업 대표로서 매우 뿌듯했다.

부산뿐만 아니라 다른 지역에서도 창업 생태계를 활성화하려는 노력은 활발하게 이루어지고 있다.

"이번에 제가 판매하는 제품입니다. 많은 관심 부탁합니다"라며 조심스럽게 홍보를 부탁하기도 한다. 이것은 창업 활성화를 위한 네트워킹이 목적인 방에서 자칫 잡상인이라는 오해받을 수도 있기 때문이다.

하루는 또 다른 글이 올라왔다.

"고급 고가의 상품입니다. 조금 비싸긴 하지만 저는 이제 막 시작한 새내기 창업가입니다. 많이 홍보해 주시고, 하나 사 주세요!"

물론 상품을 판매자가 직접 올린 글은 아니었다. 홍보를 해주고 홍보를 하는 김에 하나 구매를 하는 것은 본인의 선택한 도움이라고 생각한다. 하지만 뒤에 붙은 글은 홍보가 아니라 강매였다.

"구매하는 방법을 잘 모르겠어요", "구매하기 절차가 어렵네요"라는 댓글이었다.

물론 홍보 제품을 보고 실제로 구매를 하려는 소비자가 구매 방법을 물어본 글이었을 수도 있다.

"카드 결제를 하시면 비대면 실명인증 없이 회원가입 후 결제하시면 됩니다. ○○ 대표님은 구매하셔야죠?" 직접 한 사람을 대상으로 해서 구매 의사와 상관없이 그는 구매를 강요하고 있었다.

예민하게 받아들였을 수도 있겠지만, 나는 몇 가지 의문이 들었다.

'구매를 강요하지 않아도 제품이 좋다면 홍보만으로 도움이 될 텐데, 내가 필요로 하지 않은 제품을 단지 누군가를 돕는다는 차원에서 착한 사람의 미덕을 발휘하여 구매해야 하는 건가?'

'구매를 강요하는 것이 과연 새내기 창업자에게 도움이 되는가?'

또, '창업 초반에 강매로 이루어진 매출이 과연 지속적일까?'

판매자는 감사하다는 인사말만 남긴 채 제품에 대한 어떤 설명도 없었다.

'판매자가 제품의 좋은 점을 보여주며 홍보하는 사람처럼 했었더라면 간절함은 보였을 텐데….'

'홍보하는 분이 하나를 사서 후기를 말해 주면 훨씬 더 진정성이 있을 텐데….'

지하철에서 우리는 소위 '잡상인'이라고 불리는 사람들을 보게 된다. 잡상인은 사전적으로 일정한 가게 없이 옮겨 다니면서 자질구레한 물건을 파는 장사꾼을 말한다.

그런 잡상인들도 본인 제품의 좋은 점을 알려 홍보해서 고객의 마음을 움직이지, 구매를 강제하지는 않는데 아쉬웠다.

잡상인으로 시작해 대기업 팀장까지 지낸 『억대연봉 판매왕의 영업 기술』의 저자 김성기는 말했다.

"마음을 다하면 영업 냄새가 나지 않고, 마음을 다하면 고객은 알아서 산다"고.

Part 7

나다움의 의미

세상은 생각보다 너의 과거에 관심이 없다

나는 정면 돌파를 결심했다. 대인기피증이 심각해진 터라 결혼 전 나를 아는 사람이 한 명이라도 있다면 나는 그 장소는 절대 가지 않았다. 혹시라도 지금 현재의 내 상황을 알고 비웃거나 추측해서 내 이야기가 떠돌까 봐 두려웠다.

이런 내가 두려움을 극복하기 위해서 선택한 것은 창업 포럼의 아나운서로 지원하는 것이었다. 하지만 그 포럼에는 나의 결혼식에 참석한 다른 아나운서가 있었고, 만약 내가 아나운서가 되면 오랜만에 만나서 혹시나 "결혼 생활은 잘하고 있어요?"라는 안부 질문을 공개적인 자리에서 할 수도 있었다. 나는 그것이 무서웠다. 아직 일어나지도 않은 일이었지만 사람들 앞에서 얼어 버릴 나를 상상하는 것만으로도 무척 괴롭고 힘들었다.

아니나 다를까, 포럼 면접을 보러 갔을 때, 그 아나운서의 이름이 거론되었다. 더 나아가 결혼했느냐는 질문이 나올까 봐 불안했지만, 다행히 나오지 않았다. 이 때문일까? 나는 아주 면접을 잘 끝낸 후 그 창업 포럼의 아나운서가 되었다.

나는 포럼의 행사 진행을 맡은 후 "발음이 매우 좋다", "덕분에 행사가 잘 마무리됐다", "깔끔하게 진행 잘한다"라는 칭찬을 받았다. 덕분에 포럼에 익숙해지면서 대인기피증은 어느 정도 극복되는 듯했다. 더불어 남들의 앞에 서면서 느끼는 불안감과 두려움도 조금씩 사라지는 것을 느꼈고 실질적으로 인생에 대한 방향성도 긍정적으로 잡아 나갔다. 무엇보다도 일에 욕심을 내는 나를, 열정적으로 봐 주는 포럼 식구들의 기대를 저버리고 싶지 않았다. 그렇게 돈 한 푼 나오지 않는 부산의 포럼에 재능기부로 시간과 돈을 투자하며 사람을 만나고 행사 실력에 욕심을 내며 성장했던 것 같다.

창업 포럼의 특성 때문이었을까? 회식 자리에서도 단 한 명도 "결혼했어요?"라는 질문을 하지 않았다. '사업의 아이템은 무엇인가?', '어떻게 사업을 이끌어 나갈 것인가?' 등의 사업에 대한 방향성과 지원 사업이나 투자에 관한 정보만 공유했다.

하루는 회식 자리에서 아주 씩씩하게 당당한 40대 여자 대표님에게 시선이 꽂혔다. 남자들 사이에서도 기죽지 않고, 분위기를 주도해 가는 모습이 매우 멋졌다. 친해지고 싶었고 뭔가 모를 에너지가 끌렸다. 하지만 많은 사람에게 둘러싸인 대표님께 다가가는 것이 그때까지 나에겐 어려웠다. 2차가 끝난 후, 나는 한 운영진 멤버에게 말했다.

"저 대표님, 정말 멋지신 것 같아. 친해지고 싶어."

돌아오는 대답은 예상 밖이었다.

"그죠? 저분을 누가 이혼했다고 생각하겠어요? 오히려 세상에서 제일 멋진 여성이라고 엄지손가락 세울 거예요."

한 대 맞은 것 같았다. 나는 '결혼', '이혼'이라는 단어에 나도 모르게 민감해지는, 과거에 얽매인 사람인데 내가 당차고 멋지다고 한 여성분이 과거에 연연하지 않고 저렇게 당당하게 살아가고 있는 모습이 부러웠다. 이런 감정을 느끼며 멍하게 서 있는데, 그 멤버가 말을 이었다.

"누나도 저 대표님이랑 비슷하게 당당한 모습이 있잖아요. 저분이랑 일곱 살 차이 나니까 7년 후에는 더하면 더했지, 덜하진 않을 것 같아요."

지금 나와 관계하고 있는 지금 사람들은 나의 현재와 나의 미래를 보고 있었다. 현재의 나의 진행 실력에 집중했고, 앞으로의 미래에 긍정적인 평가를 했다.

그날따라 글배우 작가의 『타인의 시선을 의식해 힘든 나에게』 속 글귀가 생각났다.

> "매일 타인의 시선을 걱정하고 타인의 시선만을 생각하며 살아
> 간다면 그건 내 인생이 아닙니다. 타인이 바라는 인생입니다."

그날 이후, 나는 나의 과거에 연연하는 습관을 하나씩 지워나갔다. 그때 즈음 읽었던 책이 『타이탄의 도구들』이라는 책이었는데, 이 책에서 추천해 준 성공한 사람들의 다섯 가지 습관을 실천하기 시작했다.

1. 일찍 일어난다.

2. 명상한다.

3. 운동한다.

4. 아침 일기를 쓴다.

5. 이불을 갠다.

규칙적으로 8시에 일어나자마자 이불을 개고 스윙스의 '자기암시'를 통해 명상을 시작했다. 명상으로 얻은 기분을 가지고 짧게 아침 일기를 적었고, 하루의 일과를 복싱으로 마무리했다. 실제로 다섯 가지 습관들은 나를 조금씩 이혼이라는 과거에서 벗어나게 해 줬고, 밝은 현재와 미래를 바라볼 수 있도록 내 인생에 기대감을 심어 주었다.

No problem

스타트업 네트워킹 데이가 열렸다. 이날은 세바시처럼 연사들이 나와서 15분 동안 이야기를 하는 프로그램으로 진행되었다. 운이 좋게도 나는 거기서 15분의 강연을 하게 되었다.

평상시 강의를 직업으로 하는 나는, 강연과 강의는 다르다고 생각해 왔다. 강의는 정보를 전달하는 것이고, 강연은 자신의 이야기로 울림을 주는 것이라 생각했다.

특히 이혼 후 자존감이 낮았던 나는 내 이야기를 하는 것이 매우 부담스러웠다. 어떻게 내 이야기를 전달할까 고민하면서 나는 6년의 연애와 관련해서 상대를 존중하는 대화법이라는 주제로 강연했다.

이혼이라는 내용이 없었기 때문에 강의하듯 청중들과 소통할 수 있었다. 15분의 짧은 시간이었지만, 개인적으로 내 강의력이나 소통법을 보여 줄 수 있었던 좋은 비즈니스 네트워킹이었다.

연사는 총 다섯 명이었는데, 그중 나 말고도 한 명의 여자 강연자가 있었다. 그녀는 '레몬을 레모네이드로'라는 주제로 강연했다. 그녀의 첫 마디는 매우 강력했다.

'저는 이혼을 했습니다'. 너무 놀랐다. 당당하게 강연에 던진 한마디로 그녀는 이혼 후 사우디아라비아에서 마케터의 일을 하는 자신의 경험을 이야기하기 시작했다.

　이혼하고 나서 한국에서 살 수 없어 도피처로 날아간 사우디아라비아에 살면서 겪은 외국인으로서의 어려움, 여자로서의 어려움을 이야기했고, 이혼했다는 사실을 감정적으로 극복하는 것이 어려웠던 그녀의 생활을 이야기해 주었다.

　가장 기억에 남는 이야기는 사우디아라비아의 "No problem!"이다. "문제없어요"라는 이 말뜻은 "나는 문제 없어요. 너에게 갔을 때 이게 문제가 되는 거지요. 그래서 당신도 문제라고 생각하지 않으면 이건 문제가 되지 않아요"라고 했다.

　결국 마인드의 문제였다. 나도 한국에서의 이혼녀에 대한 시선과 미래에 대한 두려움으로 정말 아픈 나날들을 겪고 있었기 때문에 그녀의 말 한마디, 한마디에 공감하며 눈물을 글썽였다. 그런데 그녀는 그 어려움을 극복하면서 자기 자신을 찾았다고 했다. 그 어떤 것도 문제되지 않기 때문에 무엇이든 시작할 수 있었다고 했다.

　"Sure, Why not? I can do it"을 외치며 찾아온 기회를 놓치지 않았다고 한다.

　그녀는 지금 현재 영국에 살고 있는데 이혼 후 겪은 사우디아라비아에서의 생활과 현재 영국에서의 생활을 돌이켜봤을 때 자신의 장점을 발견했다고 했다.

　다양한 문화에서 생존할 수 있게 되었고 이혼한 이후 다른 사람들의 감정에 공감하는 능력을 배웠다고 했다. "No problem!"의 정신으로 없으면 만든다는 추진력과 유연성을 발견했고, 자존감도 높아졌다고 했다. 외국 생활을 통한 글로벌 마인드를 가지고 항상 나라에 감사하는 국가관도 가질 수 있게 되었다고 했다.

'이혼녀'라는 타이틀을 나 혼자 꼬리표로 달고 다니면서 타인의 시선을 의식하던 나에게 그녀는 한 줄기의 빛으로 다가왔다. 이혼 후 용기가 많이 없어지고 기죽어 살던 나는 그녀를 보면서 나답게 살기로 했다. 자신감이 생겼고, 우연한 기회에 만났지만, 존재만으로 매우 감사했다.

강의가 끝난 이후에 그녀는 내게 명함을 주면서 이야기했다.

"강연 잘 들었어요. 상대를 존중하는 대화법 잘 들었어요. 제가 강사님의 강연을 조금 더 빨리 알았더라면 이혼하지 않았을 텐데요."

그녀의 말에 나는 괜히 머쓱해졌다.

"제가 더 강연 잘 들었습니다. 15분이 아니라 1시간이었다면 연사님의 이야기를 들으면서 펑펑 울었을지도 몰라요. 15분이어서 참는 데 애썼습니다. 오늘 연사님의 강연과 연사님의 존재만으로도 저에게는 매우 감사한 시간이었습니다. 정말 감사합니다."

시련은 죽지 않을 만큼 온다는 이야기가 있었던가? 너무 힘들 때 오아시스를 만난 기분이었다. 그래, 다시 한 번 잘살아 보자!

선생님, 저는요!

기초생활보장 수급자 가정의 자녀들을 대상으로 돌봄교실에서 상담을 진행한 적이 있다. 대부분 부모님들이 맞벌이를 하거나 한 부모 가정에서 자라 사랑이 많이 필요한 아이들이었다. 나의 임무는 아이들과 지내면서 부모님으로부터 받지 못한 부족한 사랑을 채워 줌으로써 아이들의 자존감을 높여 주는 일이었다.

첫날 유독 튀는 여학생이 있었다. 초등학교 4학년 학생이었는데, 머리 색깔이 보라색이었다.

"우와 머리 색깔이 굉장히 예쁘네요. 보라색 어울리기 쉽지 않은데, 너무 잘 어울려요."

성격이 아주 활발하고 나와 만나는 시간을 즐겁다고 말하는 그녀에게 나는 끌렸다. 매일매일 밝게 인사하고 내가 만날 때마다 주는 미션을 적극적으로 해내는 천진난만한 모습에 나는 나의 어린 시절을 떠올렸다.

주말이 지난 월요일, 그녀는 나를 보며 멀리서 두 팔을 벌리고 달려왔다.

"선생님, 주말 동안 보고 싶었어요!"

나를 그리웠다고 말해 주는 그녀의 진심 어린 말에 나는 감동하였다. 나는 시간이 갈수록 그녀에게 정이 갔다. 그리고 그녀가 나에게 하는 모습들이 사랑받고 싶어서 먼저 다가오는 모습이라는 것을 서서히 알게 될 때쯤 우리는 상담을 시작했다. 마음이 열린 상태에서 그녀의 속마음을 들여다보기 위해 나는 그녀에게 첫 질문을 던졌다.

"너는 어떤 성격이야?"

"선생님. 저는요, 울기도 울고 웃기도 웃어요. 저는 무서우면 크게 많이 울어요. 저는 소심하고 부끄러움을 많이 타요. 제 이런 성격은 점점 크면서 나오는 것 같아요. 저는 마음으로 생각하면 신기한 마음이 많아요. 저는 놀 때는 신기하게 놀아요. 머리에 씌우는 것을 팔에 쓰기도 해요. 저에게 안 좋게 하는 아이에게는 친절하지 않아요. 저는 신기하거나 신나면 엄청 웃어요. 그게 저예요. 저는 항상 성격이 바뀌어요. 저는 분위기가 안 좋을 때는 엄청나게 조용해요. 저는 당황할 때에는 입술을 물어뜯는 습관이 있어요. 저는 조금 뻔뻔한 면도 있어요. 저는 학원에서는 조금 당당해요."

마치 대답할 준비를 하고 있었던 것처럼 자신의 모든 것을 알아 달라고 다 말하는 것 같았다. 나는 흥분한 그녀를 빤히 쳐다보았고, 그녀도 나를 쳐다보았다.

"선생님도 그런데, 나랑 성격이 똑같네!"

나는 순간 울컥했다. 어른이 되면 저런 성격은 '감정 기복이 심하다'는 말로 표현됐다. 이건 잘못된 성격이라고 말을 많이 들었고, 고쳐야 했다. 비정상적이라고 했고 힘들다고 했다.

애정 결핍이 있었던 나는 그저 나의 성격을 알아 달라고 표현했는데 대한민국 사회에서는 감정 표현을 하면 감정 기복이 심한 것으로 봤다. 나는 그렇게 자라 왔고 지금도 그렇다. 그래서 그녀가 그 성격 속에서 "이게 저예요"라고 말하는 것이 마치 나를 위로해 주는 것 같았다. 한편으로는 앞으로 그녀가 커 가면서 받을 상처가 걱정됐다.

"우와 너무 감정 표현을 잘하네. 화날 때 화를 내고, 웃을 때 잘 웃고, 슬플 때 우는 건 자기감정에 솔직한 거라서 정말 좋은 성격이야! 이런 성격을 가진 넌 진짜 매력 덩어리야!"

"그런데 선생님, 저는 자유로운 것을 좋아하지만 그렇게 굴진 않아요. 저는 짜증 날 때는 누가 말을 시키면 화를 내는 편이에요. 저는 너무 화가 나면 그만하자는 말을 해요. 저는 힘이 들면 자주 울고 화를 내요. 저는 제 마음이 저절로 갈 때면 '뭐지?'라고 할 때도 있어요. 저는 화가 나면 혼자 있는 것이 편해요. 저는 머리가 아플 때면 '앞이 잘 안 보인다'고 해요."

"왜?"

"모르겠어요. 그렇게 해야 할 것 같아서요."

그녀는 더는 말을 이어 나가지 않았다. 나는 그녀를 보며 하고 싶은 건 많지만 할 수 없다는 것을 이미 알고, 할 수 있는 것만 해야 한다는 것을 학습한 것 같아서 마음이 아팠다. 그것이 갈등을 일으키지 않고 사랑받는 방법이라고 느끼는 것 같았다.

지금 11살인 그녀가 20년 후에 지금과 같은 밝고 긍정적인 성격으로 똑같이 말했으면 좋겠다.

"선생님, 이게 저예요"라고….

보고 싶다, 친구야

나는 초등학생을 대상으로 스피치 대회 프로그램을 진행한 적이 있다. 평상시에 자신감이 없는 학생들을 대상으로 사람들 앞에서 발표할 수 있게끔 자신감을 향상시키는 것이 목적인 스피치 프로그램의 일환이었다.

10주간의 프로그램에서 그들은 처음엔 자신의 의견 하나 제대로 말하지 못하며 수줍어했다. 10주 동안의 스피치 훈련과 편안한 분위기 속에서 진행된 프로그램 덕분에 스피치 대회에서는 그들의 이야기를 마음껏 펼칠 수 있는 장이 되었다. 나는 발표 주제에 경험을 녹여서 이야기할 수 있도록 끌어냈다. 스피치 대회 주제는 '친구 소개'였다.

이혼하고 만나는 친구도 많이 없어졌다. 가정을 꾸리고 살기 때문에 자연스럽게 멀어진 친구도 있었고, 이혼했다는 이유로 나를 꺼리는 친구도 있었다. 전 남편과 함께 알던 친구들은 연락이 끊겼고, 대인기피증으로 인해서 친구들을 보는 시간을 줄여나간 탓에 시간이 지나고 나니 내 주변에 친구들이 많이 없어졌다. 극복해야겠다는 생각을 했을 땐 일에 집중하느라 바쁘다는 핑계로 만나지 못했다. 너무 아쉬웠던 건 인맥이라는 이름으로 만들어진 친구들은 마음을 나누기에는 2% 부족했다는 사실이다.

이러한 이유로 이혼 후 깊은 관계를 맺어 가는 사람에 대한 갈증이 생겼다. 이웃은 엘리베이터에서 마주쳐도 인사도 하지 않는 사회가 되어 간다는 것이 안타까웠고, 오랜 친구들은 일과 가정 등의 환경이 달라지면서 멀어졌다. 환경이 제법 비슷하여 공감대가 생기는 사람들은 친구가 아닌 비즈니스상의 인맥이 되었다.

성인이 되고 비즈니스를 하고 난 후 나이가 같다고 하더라도 우리는 서로를 존대하기도 하고 혹시나 친해지고 난 이후에 상처받을지도 모른다는 두려움에 사로잡혀 거리를 두고 선을 지킨다. 특히 나의 경우에는 더더욱 사람에게 다가가기 어려운 상황이니 아이러니하다. 친해지고 싶지만 친해질 수 없는 어른이 되어 가는 과정이 아직 내게는 참 어려웠다.

요즘은 옆집에 누가 사는지도 모르고, 이웃이 피해를 주는 것에 굉장히 예민하다. 옛날에는 옆집 사는 이웃이 또 하나의 가족 구성원이었지만 이제는 '이웃사촌'이라는 단어도 생소하다. 초등학교 때까지만 해도 옆집에 사는 아주머니를 '이모'라고 불렀고, 옆집 가족들과 함께 여행도 다니면서 소위 이야기하는 대로 '그 집에 수저가 몇 개 있는지' 알 수 있을 정도로 친했다. 지금 이웃은 범죄를 저지를 수도 있는 경계 해야 하는 사람 중 하나라는 사실이 안타까웠는데, 그저 친구를 소개하는 나열식의 발표는 나의 마음을 울렸다.

"나는 친구가 많다. 내가 가장 친한 친구는 A이다. 1학년 때 집이 가까워서 친해졌다. B는 3학년 때 도서관에서 만났을 때 점심 먹고 보드게임을 하면서 친해졌다. 주인님인 C는 땅따먹기하면서 내 땅을 다 빼앗겨서 주인님이 되었다. D는 다른 초등학교 친구다. E는 학원에서 A와 매일 싸우는데 나는 그 싸움을 말리면서 친해졌다. E는 3, 4학년 때는 안 친했는데 여름방학 과제로 편지 쓰기가 나왔고, 편지를 쓸 때 이때까지 미안했던 것과 고마운 것들을 썼더니 친구 하자고 했다. 그래서 친구가 되었다. A는 가끔 웃기고 가끔은 화를 낸다. B의 성격은 짜증 낼 때는 거의 없고 온순하지만 진짜 화날 때는 진짜 무섭다. C는 착하고 가끔은 짜증을 낸다. 우울할 때마다 울면서 혼자만의 자기 자신만의 생각을 한다. 짜증 날 때는 가끔 머리를 박아버리곤 한다. D는 잘 삐지지만 재미있고 잘 삐진다. 억울할 때마다 돌고래 초음파 소리를 내며 시끄럽게 운다. E는 성격이 잘 드러나지 않는다. 친구들이 놀려도 매일 웃고 참아 주는 것 같다."

초등학생은 옆에 있어서 친구가 되고, 밥 먹다가 친구가 되고, 게임을 하면서 친구가 되고, 싸우면서 친구가 되고 편지 쓰면서 친구가 되었다. 그 친구들이 우울하거나 짜증 내거나 재미있거나 무서울 때나 그냥 싫고 좋음이 아니라 친해졌으니 그저 친구였다.

묵직한 울림을 준 스피치 대회는 어른이 된 나에게 친구의 의미를 떠올려볼 수 있는 시간이었다. 취업, 결혼, 이혼 뒤 나에게 남겨진 친구의 의미는 무엇일까?

문득 안재욱의 「친구」라는 노래 가사가 떠올랐다.

"어느 곳에 있어도 다른 삶을 살아도 언제나 나에게 위로가 돼
준 너. 늘 푸른 나무처럼 항상 변하지 않을…."

스피치 대회가 끝나고 친구의 의미를 생각하며 감성에 젖은 밤, 나
는 다른 삶을 사는 나의 친구라는 존재에게 메시지를 보냈다.

괜스레 힘든 날 턱없이 전화해.
말없이 울어도 오래 들어주던 너.

늘 곁에 있으니 모르고 지냈어.
고맙고 미안한 마음들…

- 안재욱, 「친구」 중 -

소소하지만 확실한 행복

나는 2013년 강의를 시작한 후 지금까지 운이 좋게도 비수기와 성수기가 크게 차이가 나지 않게 꾸준히 일하고 있다. 하지만 이혼 직후인 2018년부터 2년간 강의에 대한 자부심이나 사명감보다는 '의무'로 일을 하면서 매너리즘에 빠졌었다. 누군가는 슬럼프라고 이야기를 했고, 누군가는 성장하는 과도기라고 이야기를 했다.

"힘들다", "일하기 싫다", "쉬고 싶다"는 말을 하면서도 일을 줄이고 쉬면 생계가 어려울 것이라는 불안감이 생겼다. 일이 없는 날에는 일을 만들어서 신체와 정신을 옭아맸다. 석사 과정 졸업을 위해 밤새도록 논문을 쓰고, 과제를 쳐내듯이 강의안을 만들고 일을 했다. 아침 9시부터 시작된 업무는 자정이 넘어서야 끝났고 왜 일을 하고 있는지도 모른 채 일을 위한 일을 했다.

특히 2019년에는 여유는 생각조차 할 수 없는 단어였다. 주말도 없이 강의와 사업 준비, 논문에 매진했고, 일이 없는 주말에는 네트워킹 파티라도 다니면서 명함을 뿌리며 나를 홍보했다. 바쁜 나날을 보내던 어느 날, 밤 8시에 전화 한 통이 걸려 왔다.

"강사님, 정말 죄송한데, 우리 회사 사정으로 내일 강의를 취소해야 할 것 같습니다."

보통 강의 하루 전날 밤 8시에 강의를 취소하는 회사는 극히 드물다. 강의 준비도 모두 끝냈고, 강의만을 앞둔 상태에서 황당했지만, 통보를 받은 내가 할 수 있는 말은 "알겠습니다"밖에 없었다.

나는 습관적으로 다음 날 어떤 일을 할지 고민했고, 10시에 사무실에 출근했다. 미뤄 두었던 업무를 정리하던 중 갑자기 나에게 여유를 선물하고 싶다는 생각이 들었다. 하고자 했던 업무만 완료를 시킨 후 나는 해가 중천에 떠 있을 1시에 집으로 돌아왔다. 평소였다면 해가 중천에 떴는지 해가 지고 있는지 쳐다볼 생각도 하지 않고 다음 일정을 생각하며 바삐 움직일 시간이었다.

집으로 돌아오자마자 렌즈를 빼고, 백수 모드로 트레이닝복을 입고 바로 침대에 누웠다. 나른해진 몸으로 벽지를 바라보았다.

'아, 우리 집 벽지가 이렇게 새하얀 색이었구나. 장판은 무슨 색이지?'

나는 의식이 흐르는 대로 생각하고 행동하며 장판을 빤히 쳐다봤다.

우리 집 장판은 바둑판 형식으로 칸칸이 나누어져 있는 무늬였다.

'아, 우리 집 장판이 이런 무늬였구나.'

한동안 장판을 한 칸 한 칸 쳐다보고 있었는데, 장판이 더러웠다. 나는 물티슈를 가지고 와서 더러워진 칸을 쓱 닦았다. 그리고 옆 칸도 닦았다. 매우 더러웠다. 나는 우리 집이 더러운지 깨끗한지 청소를 해야 하는지 아닌지도 모른 채 일 이외에는 전혀 관심을 가지지 않았다.

나는 본격적으로 청소하기 시작했다. 창문을 모두 열어 환기를 시키고 이불을 가지고 와 모두 삶아 빨았다. 청소기를 돌리고 무릎을 꿇고 손 걸레질을 했다. 깨끗해진 집을 보고 있으니, 날씨도 좋고 기분도 좋았다.

'이제 뭘 해야 하지?'

나는 다시 침대에 누웠다. 그리고 햇살을 받으며 음악을 들었다. 노래 가사 하나하나를 음미하며 노래에 빠져들었다.

'최근에 노래를 들어도 노래 가사가 감성적인지, 신나는지 생각조차 못 했구나. 이 노래 가사 참 좋네.'

여유를 부리던 그때 배꼽시계가 울렸다. 최근에는 일하고 지쳐서 식사를 거르는 경우가 많았다. 설령 식사하더라도 강의를 하고 나서 고갈된 에너지 충전을 위한 것이었기 때문에 '뭘 먹을까?'라는 생각을 못 했다.

'나는 지금 뭘 먹고 싶지?'

그리고 나는 점퍼 하나를 걸치고 머리를 질끈 묶은 채 카드 하나만 달랑 가지고 엘리베이터를 탔다. 거울에 비친 내 모습은 누가 봐도 '백수'였다. 평소에 렌즈를 빼면 자신감이 부족해져 집 밖으로 나가지 않던 나의 모습이 거울에 비쳤다. 그런데 '백수 모드'인 내 모습이 너무 예쁘게 보였다. 드라마에서 나오는 '작가'의 모습과 같은 이미지가 떠올랐다. 나는 나를 보며 찡긋 웃고는 편의점으로 향했다.

눈앞에 가을맞이 '홍시'가 보였다. 너무 반가웠다.

'그래, 홍시 하나 사고…'

평상시에 과자는 손도 대지 않는 나였는데, '허니버터칩'이 눈에 들어왔다.

'너도 오늘은 우리 집으로 가자.'

한 바퀴를 다 돌고 계산을 하려고 하는데, '고추참치'가 보였다.

집에서 밥을 잘 먹지 않았기에 집에는 즉석 밥과 김만 덩그러니 있었다.

'오늘은 너로 결정했다. 집에서 식사해 보자!'

몇 달 만에 집에서 식사를 하기로 했다.

봉지에는 홍시, 과자, 고추참치 그리고 맥주 한 캔이 들어있었다.

이렇게 빈둥거렸는데 아직 5시였다. 해는 뉘엿뉘엿 넘어갈 준비를 하고 있었고 나는 펴 본 지 몇 달 된 작은 상을 준비했다.

즉석 밥, 고추참치, 김, 토마토가 저녁 메뉴였고, 오른손에 들린 맥주 한 캔까지 완벽했다. 거기 디저트 홍시까지 준비되어있으니 구첩반상 부럽지 않았다.

오랜만에 부린 여유에 소소한 반찬들이었지만 여유 있게 식욕본능에 충실하여 만끽한 다섯 시간을 즐기며 나는 '행복하다'는 말이 절로 떠올랐다. 언젠가부터 행복을 생각할 겨를도 없이 앞만 보고 달려온 나였는데, 돈을 벌지도 않은 하루, 예쁘게 차려입지도 않은 하루, 고급스러운 식사를 하지도 않은 하루였는데 매우 행복했다.

불안한 미래 때문에 앞만 보고 달려온 날들에 대해 보상받는 것 같았다. 앞으로는 나에게 여유를 선사하는 시간을 만들어서 소소하지만 확실한 작은 행복을 누리고 싶다.

페르소나

큰 아픔을 겪고 난 뒤 스스로 성숙해졌다고 생각했다. 많이 참고 항상 웃었으며 늘 괜찮다고 말했다.

결혼 전 나는 자기주장이 강했으며, 하고 싶은 것을 꼭 하는 성격이었다. 이런 나를 보고 사람들은 '세다', '강하다'는 표현을 자주 했다. 그래도 괜찮았다. 그래도 나를 사랑해 주는 사람이 있었고, 잘못됐다고 생각하지 않았다.

하지만 이혼을 하는 과정에서 그가 했던 마지막 말은 나에게 지울 수 없는 충격이 되었다.

"나는 결혼 생활을 하면서 한 번도 편안했던 적이 없어."

내가 가장 행복했을 때 그는 가장 불행했다는 말을 듣고 4년의 연애 후 모든 것을 극복할 수 있을 거라고 믿었던 우리의 관계는 그의 말 한마디로 처참하게 무너졌다. 무엇보다 힘들었던 건 잘 맞춰 가고 있다고 생각했던 과정에서 나는 그에게 그저 불편한 사람, 자기주장 강하고 받아들이지 못하는 사람, 강한 사람이 되어 있었다는 사실이었다.

그래서 두 번의 실수를 하지 않게 하려면 나는 나 자신을 바꾸려고 많이 노력했다. 우선 사람들 앞에서 나의 의견을 이야기하지 않기로 했고, 상대의 상황을 무조건 이해하려 애썼다. 누군가가 고민을 말해 오면 흥미 없는 대화 주제라도 귀 기울여 들으려 했고, 그 사람의 입장이 되어 감정 이입해서 공감해 주려 했다. 무슨 부탁을 해 와도 거절하지 않고 무조건 들어주었다. 그 안에 나는 없었다. 기분 나쁜 언행을 보고 듣고도 참았고, 상처를 받는 말들이 있었지만 애써 웃고 넘겼다. 뒤늦은 착한 아이 콤플렉스였다.

그런데 그럴수록 스트레스 지수가 쌓여 가고 관계를 맺는 것이 힘든 시간이 계속되었다. 진실하지 못한 관계가 이어져 갔고, 수박 겉핥기식의 인간관계 속에서 혼자 괴로워했다. 나는 그럴수록 가면을 쓴채 더 웃었고 그럴 때마다 마음속 허함이 늘어갔다.

하루는 심리 검사를 기반으로 하는 기업 교육 워크숍을 준비하며 심리 도구를 공부하고 있을 때였다. 심리 도구를 직접 개발한 소장님이 내 검사 결과를 보고는 이렇게 말씀하셨다.

"넌 챔피언이 될 앤데 왜 계속 연예인이 되려고 해? 그러니까 정신건강이 안 좋게 나오지."

한 대 얻어맞은 것 같았다.

"너답게 살지 않으니까 너만 스트레스받고 너만 힘든 거야. 사람들은 너의 웃고 있는 가면에 속아서 너를 그런 사람으로 보다가 네가 강하고 센 모습을 한 번 보여 주면 움찔하는 거야. 너다운 진취적이고 추진력 있는 모습을 다듬을 생각을 해야지, 광대가 되어서 웃고 떠드는 가벼운 모습을 보여? 그게 네가 아니니까 사람들이 진짜 너를 알면 무서워하는 거야."

소장님은 있는 그대로의 나를 다듬는 것과 나를 아예 다른 사람으로 탈바꿈해서 가면을 쓰는 것은 다르다는 것을 말해 주셨다. 소장님은 내 아픔을 알지 못해도 나다움을 알아채시고 나의 무의식중에 나오는 행동을 분석해서 나쁘게 보지 않고 이해해 주었다.

토니 험프리스의 『자존감 심리학』에 나오는 구절이 생각났다.

> "나는 우리가 언제나 변한다고 믿는다. 나부터도 어떤 사람과 함께 있을 때는 보호자이지만, 다른 사람과 있을 때는 매력적인 사람이기도 하고, 동료와 있을 때는 지적인 사람이 되기도 한다. 우리의 자아는 너무나 강력하여 특정한 분류에 갇히지 않는다. 하지만 적당한 때와 환경이 조성되기 전까지는 우리가 그림자 자아를 놓지 않으리라는 것도 사실이다. 그림자 자아를 놓아주는 것이 보호장치 전부를 놓아버리는 것을 의미하지는 않는다. 특정한 방식을 강요받는 것에서 자유로워진다는 의미일 뿐이다."

이혼 이후 나는 사람들의 시선을 과하게 두려워했다.

'저 사람이 이혼한 나를 보고 비난하면 어떡하지?'

'저 사람은 나를 어떻게 볼까?'

혼자만의 생각 속에서 나는 늘 나를 스스로 작게 만들었다. 이혼녀의 꼬리표를 강력접착제로 내가 붙여 놓고, 사람들이 보지 못하게 감추느라 바빴다.

그날 이후 나는 나다움을 찾으려고 애썼다.

'그래, 나는 두 번 실수하지 않기 위해서 반성하고, 잘못된 행동을 바로 잡으려고 하는 멋진 여자야!'

이런 생각 속에서 나는 현명하게 문제를 해결해 나가는 일들을 척척해 냈다.

'그래, 나는 당당하고 솔직한 모습이 매력적인 여자야!'

이런 생각 속에서 나는 의사 표현을 정확하게 이야기해 나가면서 사람들과 좋은 관계를 유지해 나갔다.

'그래, 나는 프로답게 목표를 가지고 성장하는 씩씩한 여자야!'

이런 생각 속에서 나는 하나하나 성과를 내고 있다.

내가 걸어두고 싶은 내 방향의 척도
내가 되고 싶은 나, 사람들이 원하는 나
니가 사랑하는 나, 또 내가 빚어내는 나
웃고 있는 나, 가끔은 울고 있는 나
지금도 매 분 매 순간 살아 숨 쉬는 persona

- 방탄소년단, 「Intro: Persona」 -

이런 생각 속에서 비굴하지 않고 기죽지 않고, 사람 대 사람으로 비즈니스를 해 나갔다.

누구에게나 나다움은 있다. 그것이 누군가에게는 칭찬 거리가 되기도 하고 누군가에게는 뒷담화거리가 되기도 한다. 중요한 것은 그 누군가가 판단 기준이 되는 것이 아니라, 나 자신이 판단 기준이 되면 사람들은 언젠가 나의 판단 기준을 따라올 것이라는 점이다.

나의 건강한 정신을 위해서

"내 말투가 쎄?"

"응. 화장도 진하게 하지 말고!"

"화장이 진한 게 아니라 내가 생긴 게 진하게 생긴 거야."

"넌 목소리도 많이 커."

나는 어렸을 때부터 목소리가 컸다. 그래서 나의 이미지는 늘 '강하다', '세다', '카리스마 있다', '당당하다'였고 기죽지 않을 여자라고 생각한 사람들은 나에게 무례하거나 과한 장난을 치기도 했다.

자주 보는 사람들은 나를 강하게 보지 않는다. '볼수록 어리다', '정이 많다', '감성적이다'라는 말을 많이 한다.

"넌 성격을 바꿔야 해. 습관을 바꿔 봐. 내가 방송에서 봤는데, 10년째 착한 척하고 있으면 그는 착한 사람이래."

나는 바로 반박했다.

"아니야. 10년째 그러고 있으면 그는 착한 사람의 가면을 쓰고 있을지는 몰라도 그 속은 썩어서 일찍 죽을 거야. 결국 자신답게 살지 못하고 자기 자신을 아프게 만드는 거지. 왜 착한 척을 하고 사는데? 착한 사람이 아니라는 것을 인정하고 자기 자신의 장점을 보여 주면 되는데? 사회가 착해야 한다는 기준을 만들어 놨기 때문에 그 사람은 그렇게 죽어 가는 거야."

"넌 좋게 말하면 자기애가 강하고, 나쁘게 말하면 자기중심적이야. 너 스스로 단점이 뭐라고 생각해?"

"무슨 말을 듣고 싶은 거야?"

가토 다이조의 『나는 내가 아픈 줄도 모르고』라는 책에는 토끼와 거북이 이야기 부분에 이런 구절이 나온다.

> "자신을 인정하지 않는 사람에게 인정을 받기 위해 무리한 다이어트를 하는 것만큼 스스로 더욱 불행하게 만드는 행동은 없다. 사람은 자신감을 잃으면 자신을 불행하게 만들기 위해 필사적인 노력을 기울이기 시작한다.

모든 토끼들이 "거북이는 왜 그렇게 느린 거지?"라고 말하는 것은 아니다. 세상에는 거북이와 경쟁하며 살아가는 토끼만 존재하는 것은 아니기 때문이다."

즐거운 분위기가 조금씩 식어 갔다. 아무 생각 없이 그의 질문에 대답을 해 나가던 나는 '내가 왜 지금 이 질문에 대답하고 있지?'라는 생각이 들었다.

나는 웃는 표정을 중단하고 담담하게 이야기를 이어 나갔다.

"나는 나를 건들지 않으면 아주 부드럽고, 객관적인 사람이야. 다만 나를 공격한다는 느낌을 받았을 때는 가만히 있지는 않는 것 같아. 네가 나의 단점을 많이 보고 세고 강하다고 생각하는 이유는 네가 나를 배려하지 않고 공격했던 행동이 많아서 그렇게 느끼는 거 아닐까? 나와 함께하는 시간이 많은 사람은 첫인상은 세다고 느끼지만 나의 매력을 좋게 봐 주고 그렇게 인연을 이어 가고 있는 사람들이 많아. 그런데 너는 나의 단점에 집중하는 것 같네. 왜 그럴까?"

"나 말고 세상은 너를 건드릴 수밖에 없는 구조 아니야?"

"나는 세상이 나를 건들고 있다고 생각한 적 없고 그런 구조라고 이해해 본 적 없어. 왜 나를 건드는 구조라고 생각해?"

"넌 욱하니까!"

"내 생각에 너는 내 단점만을 보고 성격을 고쳐야 할 사람이라고 말하고 있는 것 같은데? 내 장점을 보려고 하는 의지도 없는 것 같아."

"넌 어차피 기죽지 않잖아? 너 이런 거로 상처받아? 너 단순해서 안 고치고 그냥 넘길 거잖아."

슈퍼 갑질

경남 창원에 있는 한 대학교를 찾았다. 내가 했던 교육은 5회로 진행된 인성 교육 프로그램의 일환으로 목표 설정, 변화, 도전 등의 주제가 가미된 수업이었다. 5회 중 나는 3회와 5회 두 번의 일정을 소화해야 했고, 내가 맡았던 학과는 자동차학과였다. 그중 내가 맡은 분반은 여학생이 없는 100% 남자들 30명으로 구성되어 있었다. 그리고 학교의 특성상 학생 중에 만학도도 다수 있었다.

학생들과의 첫 만남인 3회, 나는 강의 중에 장점과 강점에 대해 이야기를 하기 위해 질문을 던졌다.

"하마와 사자가 싸우면 누가 이길까요?"

"하마와 악어가 싸우면 누가 이길까요?"

답은 물에서 싸우면 하마가 무조건 이긴다는 것이었다. 내가 이 질문을 통해 내가 말하려는 핵심은 상황에 따라서 잘하는 것이 다를 수 있기에 비교 대상이나 비교우위를 두고 강점을 찾아야 한다는 것이었다.

그런데 50대로 보이는 분이 나의 말을 불쑥 끊으면서 말했다.

"무조건 사자, 악어가 이기지요. 강사님 〈내셔널 지오그래픽〉 안 보셨습니까? 아, 참 강사님 무식한 소리하고 있네요."

말을 듣는 순간 정적이 흘렀다. 교육생들도 분위기를 감지한 듯했다. 나도 이 말을 듣고 불쾌했지만 꾹 참았다.

"네, 선생님 제가 그 프로그램을 보고 그 프로그램에서 했던 말을 그대로 가지고 온 겁니다. 선생님께서 그걸 보셨다면 물에서는 하마가 이긴다는 것을 아실 텐데, 끝까지 못 보셨을 수도 있겠네요"라며 웃으며 되받아치며, 강의의 흐름을 다시 가지고 오려고 애썼다. 그때 그는 또 나의 말에 반박하면서 더 큰 소리로 말했다.

"강사님, 하마를 너무 믿으시는 건가요. 하마가 이기는 걸 봤다고요? 하마 같은 덩치를 좋아하는 건 아니고요?"라며 뚱딴지같은 소리를 했다.

강의를 다니다 보면 강사가 본인보다 어리면 기 싸움을 하려는 교육생들이 더러 있다. '당신이 나보다 어린데, 뭘 알겠냐? 한 번 당황해봐라'는 식의 무시하는 태도를 보인 사람이 대표적이다. 오랜만에 이런 사람을 만났었다. 그래서 나는 말했다.

"네, 저 하마 좋아합니다. 겉으로 보이는 센 척보다 진짜 강한 게 좋더라고요. 선생님은 하마와 반대 성향을 가지고 계시네요."

나도 다소 감정적이었다. 강의가 끝난 후, 20대로 보이는 학생이 찾아왔다.

"강사님, 저분 원래 저렇게 비꼬는 거 잘하시는 분이니 너무 마음 상해하지 마세요."

그 말을 듣고 강사로서 프로답지 못하게 감정 조절에 실패한 것이 너무너무 부끄러웠다.

2주 후, 5회 때 나는 그들을 다시 만났다. 최대한 나의 감정을 보이지 않게 하려고 무례했던 그분과 눈을 마주치지 않고 조용히 강의를 시작하려 준비하는 중이었다. 그런데 그가 책상에 교재를 던지면서 강의실로 들어왔다. 나는 숨을 한 번 크게 쉬고 그와 눈을 마주치고 웃으면서 말했다.

"이제 마지막이네요. 선생님. 지금까지 4번의 강의 중에 어떤 날이 가장 재미있으셨나요?"

그는 표정 변화 하나 없이 말했다.

"아니, 의지 없는 사람들을 모아 놓고 이렇게 시간을 때우고 돈만 벌어 가려고 하는데, 그게 재미가 있겠습니까?"

나는 그런 무례함을 틀렸다고 말해 주고 싶었다. 속으로 '옳거니!' 박수를 치면서 받아쳤다.

"네, 선생님 너무 좋은 말씀해 주셔서 감사합니다. 제가 이 프로그램을 이 학교 이외에 다른 학교도 다 돌려 봤는데, 특징이 의지가 없으면 재미없어하시더라고요. 그런데 의지 없는 분들은 이 프로그램 말고도 무엇을 하든 그렇게 재미있게 생각하지 않고 배워 가는 거 없이 시간 낭비만 스스로 하시는 듯했습니다. 선생님, 오늘 제가 마지막으로 할 주제가 시간 관리와 목표 설정입니다. 오늘 저의 목표는 선생님이 뭐라도 하나 배워 가시는 거였는데, 의지가 없다는 것을 스스로를 아셨으니, 이제 의지를 가지고 참여하시면 시간 낭비는 안 될 것 같습니다. 제 목표 반 정도는 이룬 것 같고요. 그럼 남은 하나인 선생님의 시간 관리에 목표를 다시 두고 강의를 하도록 하겠습니다. 스스로 의지가 없다는 것을 깨달아 주신 선생님께 다시 한 번 박수 부탁 하면서 오늘 시간 관리와 목표 설정 들어가도록 하겠습니다."

그렇게 통쾌한 한 방을 날리고 강의를 시작했다. 그도 무언가 깨닫 았는지, 그때부터 적극적이었다. 강의 도중에 스피커가 고장 났을 때, 그는 누가 시키지도 않았는데, 손수 고치러 교단 앞까지 나왔다. 덕 분에 우리는 영상을 무리 없이 볼 수 있었다. 강의가 끝나고 만족도 조사지를 받았는데, 그의 만족도 조사지에 적혔던 마지막 한마디를 봤다.

"당황하게 해서 죄송합니다. 수업 잘 들었습니다"라는 사과와 수업 에 대한 피드백이 적혀 있었다.

정문정의 『무례한 사람에게 웃으며 대처하는 법』에는 '갑질의 낙수 효과'라는 말이 나온다. 무례한 사람들은 약자가 가만히 있는 것에 용 기를 얻어 다음에도 비슷한 행동을 한다는 뜻이다. 그런 사람들은 삶 에서 만나는 다음 사람에게도 자신보다 약자라고 생각하면 무례한 행동을 계속한다고 했다.

정문정 작가의 책에서 나오듯 아마 그도 자신보다 내가 약자라고 생각한 것 같았다.

갑질의 낙수효과가 중단되었기를 바라면서 용기 있는 진심 어린 사 과로 인해 그도 당당하게 자신의 의견을 내는 태도를 약자를 보호하 는 갑의 역할에 쓰셨으면 좋겠다.

사람의 조건: 도움 요청하기

이혼 후 나에 대해 진지한 깨달음을 얻었다.

'아, 나는 누군가에게 진지하게 무언가를 요청한 적이 없구나.'

어렸을 때부터 나는 도움이 필요할 때면, 항상 엄마와 아빠가 슈퍼맨처럼 나타나서 일을 해결해 주셨고, 대학생이 되었을 때도 수습해 주는 사람들이 늘 곁에 있었다. 그래서 도움을 요청하는 법을 제대로 배우지 못했던 것 같다.

나는 이혼하고 나서 처음으로 내 인생에서 가장 큰 시련을 나 혼자 해결해야 한다는 것에 대한 두려움과 막막함을 느꼈다.

태어나서부터 서른이 될 때까지 시련을 시련이라고 생각하지 못했고, 해결해 줬던 사람들이 있었기에 나는 극복하는 법을 제대로 알지 못했다. 작은 것부터 헤쳐나가는 법을 배웠어야 했는데, 나는 서른이 다 되어서야 마주친 '이혼'이라는 가장 큰 시련을 혼자서 극복해야 한다는 것이 가장 힘들었다. 나이가 서른이었지만 위기 대처 능력은 세 살이었고, 정신적으로는 학교에서 보호받아야 하는 열아홉 같았지만 사람들이 기대하는 것은 스무 살이 넘은 어른의 행동이었다. 그 누구도 나의 아픔을 이해하지 못한다는 것과 가족조차도 내 편이 아니라는 것이 너무 힘들었다.

"이혼, 아무것도 아니라고 했잖아. 네가 괜찮다면서?"

괜찮다고 해야 괜찮을 줄 알았다. 장녀이고, 엄마, 아빠에게 힘든 모습을 보이고 싶지도 않았다. 걱정을 끼치는 것 같아 죄송스러웠다. 하지만 그 말들을 곧이곧대로 믿고 진짜 괜찮은 줄 아는 엄마에게 서운했다.

"이혼하고 내가 너를 독립시키지 않고 집으로 들어오라고 했던 이유는 결혼 전처럼 살가운 딸의 애교를 보고 싶어서였다. 하지만 너는 이혼 후에 너무 성격이 많이 변했고, 네 중심적으로 생각하고 행동하면서 혼자 방구석에 처박혀 있었잖아."

딸을 아픔을 이해하지 못하고 딸의 밝은 모습만을 바라는 엄마가 미웠다.

'우리 엄마도 나를 이해하지 못하는데, 타인들은 어떻게 나를 이해하겠어?'라는 생각으로 나는 혼자서 그렇게 아픈 시간을 버텼다. 괜찮은 척, 밝게 웃으며 아무 일도 아닌 척 웃으며 살았다.

그렇게 2년의 세월이 흘렀고, 어느 정도 이혼의 아픔에서 벗어나고 있을 때쯤, 한 통의 전화를 받았다.

"일 열심히 하고 있어? 사업 시작했다면서? 어떤 일이야? 우리 같이 이야기하면서 도움을 주고받자. 네가 너의 이야기를 안 하고 혼자 해결하려는 완벽주의가 있는 거 알고 있어. 하지만 힘들 때 서로 돕고 같이 극복하자. 혼자서 끙끙 앓으면 안 돼. 내가 도와줄게."

포럼에서 알게 된 대표님의 전화였다. 나는 그 전화를 끊고 얼마나 울었는지 모른다. 이혼하고 나서 남에게 도움을 청한다는 것이 내게는 매우 큰 용기였다. 부족한 내 모습을 보여 주는 것이 두려웠고, 도움을 청했을 때 혹시나 거부당할 것이 두려웠다. 또, 내가 그들의 시간이나 에너지를 뺏는 것이 피해를 주는 것으로 생각했다. 그리고 약한 모습을 보였을 때 나를 바라보는 그들의 시선 등으로 인해 여러모로 도움을 요청하는 것은 신경이 쓰였다. 어쩌면 말을 하지 않아도 슈퍼맨처럼 나타나 도와주기를 바랐던 것일지도 모르겠다.

나는 아직도 누군가에게 도움을 요청한다는 것이 아주 어렵다.

"이번에도 창업 포럼을 단독으로 진행하신다면서요? 도와 드릴 거 있어요?"

내가 소속된 창업 포럼에서는 1부 의전 행사를 전문 아나운서가 진행하고, 2부 창업 기획 프로그램을 운영진인 내가 진행하곤 했다. 하지만 올해 4월부터 일정 상의 이유로 포럼에서의 3번째 단독 진행이 확정됐을 때, 포럼의 사무국장은 나에게 도움의 손길을 건네왔다.

"많이 부담은 되지만, 실수하지 않도록 노력해서 준비해 볼게요."

도움의 손길을 뿌리친 것은 아니었지만, 사실 어떻게 도움이 필요한지, 어떤 말들을 해야 할지 잘 몰랐다. 아직 내게는 다른 사람에게 도움을 요청할 용기와 연습이 필요했다.

이 생각을 하고 있을 때쯤 나는 석사학위 논문을 쓰고 있었다. 2017년에 대학원을 수료하고 '이혼의 아픔'을 이유로 잠시 접었던 학업을 다시 시작하면서 2년 만에 접한 교육학과 통계는 나를 혼란스럽게 만들었다.

"오빠, 나 지금 통계 돌린 게 있는데 맞는지 확인해 줄 수 있어?"

우리 가문의 자랑이자 서울대학교 박사 과정을 졸업하고 미국까지 건너가 교수를 꿈꾸던 사촌오빠에게 전화를 걸었다. 밤늦은 시간까지 나를 칭찬해 주랴, 논문 확인해주랴 바빴던 오빠의 도움이 없었다면 나는 논문을 심사받지 못했을지도 모른다.

"서울대학교 박사 과정 졸업한 걸 이렇게 써먹을 줄 몰랐네. 오랜만에 논문 보니까 재미있다. 가끔 힐링할 수 있게 나한테 도움 요청해."

도움을 요청한다는 것이 어려웠던 나에게 그의 말은 할 수 있다는 자신감을 찾게 했고, 큰 용기를 가질 수 있었던 시작이 되었다. 나를 도와주려는 존재들이 내 주변에 있다는 사실만으로 희망이 생기는 것 같다.

이창준의 『나는 길들여지는 것에 반대한다』라는 책에 이런 구절이 나온다.

어쩔 수 없는 현실로 인해 내면의 목소리를 묵살한다면 삶은 어느덧 거짓이 되고, 우리는 존엄을 잃게 된다. 진실한 삶을 원한다면 있는 그대로 자신을 대면해야 한다. 그래야 무력감에서 벗어날 수 있다. 그것이 세상 어디에도 없는 '고유한 나'를 긍정하게 하고, 단 한 번뿐인 인생을 불꽃처럼 타오르게 할 본원적 자신감을 부여한다. 이것을 절대 포기하지 않아야 하는 이유는 끝내 진실한 인간으로 남고자 하는 최소한의 바람이 절대 사라지지 않을 것이기 때문이다.

'조금 더 도움을 요청하는 연습을 더 해 보고 싶다'는 내면의 목소리를 들었다. 지금 불꽃처럼 타오른 자신감으로 진실한 인간이 되고 싶다. 그리고 언젠가 시간이 지나면 나도 누군가에게 도움을 줄 수 있는 존재가 되겠지?

Part 8

영향력의 의미

초심

언젠가 내 사업을 적극적으로 도와주신 대표님이 SOS를 보냈다. 나보다 2~3년 먼저 창업을 시작했고, 내가 사업적으로는 도와줄 것이 없다고 생각했는데, 이분은 나를 '멘탈 선생님'이라 부르며 고민을 털어놨다.

"제가 이번에 10억의 투자를 받았습니다."

"축하드려요! 부산에는 10억을 투자할 능력을 갖춘 기업이 잘 없는데 다섯 손가락 안에 드는 기업이겠네요. 역시 부산의 창업 생태계를 이끌어 나가는 대표님답습니다."

나는 진심으로 축하했다. 10억만큼 기업 투자 가치를 높이기 위해서 그가 이때까지 얼마나 노력을 해 왔는지 옆에서 쭉 지켜본 나였기에 고생했다며 토닥여 줬다. 그런데 그는 진지하고 근엄한 표정으로 이야기를 꺼냈다.

"10억의 투자를 받은 이 시점에서 한 가지 고민이 생겼습니다."

"뭔데요?"

"제가 맨 처음으로 이 사업 플랫폼을 만들면서 들었던 초심은 '다른 사람을 돕고 싶다'였습니다. 내가 나의 고객에게 힘이 되어 드리고, 도움을 주면서 그 사람들에게 필요한 사람이 되고 싶어서 시작했거든요, 그런데 10억의 투자를 받고 되돌아보니, 저는 어느 순간부터 사업을 위한 사업을 하고 있었다는 생각이 들었습니다. 뒤돌아보지 않고, 앞만 보며 달려왔는데, 지금 저는 '내가 그들에게 필요한 사람인가? 지금 나의 사업 아이템이 진짜 필요한 건가?' 하는 의문이 듭니다."

그의 이야기를 듣고 나는 그에게 질문을 던졌다.

"대표님은 최근에 행복했던 적이 언제였나요?"

나의 뜬금없는 질문에 그는 당황한 기색을 보였고 쉽게 답을 하지 못했다. 그래서 이번에는 다르게 질문했다.

"대표님은 언제 가장 행복하세요?"

대표님은 말이 끝나기 무섭게 대답했다.

"다른 사람을 도와줄 때 보람을 느껴요."

"제가 봤을 때는 대표님이 고객들의 주머니 사정을 많이 돕고 있다고 생각이 드는데요? 다만, 고객들이 대표님께 고맙다는 말을 표현하지 않아서 대표님이 도움을 주지 못한다고 생각하시는 게 아닐까요?"

운동선수 출신이었던 그는 나의 질문에 말을 이어 갔다.

"저는 사업가로서는 역량이 뛰어나다고 생각합니다. 10억의 투자도 받았잖아요?"

으쓱해하는 그의 표정이 정말 귀여웠다.

"다만, 이 역량을 가치 있게 쓰고 싶어요. '안 되면 말고'식이 아니라 진짜 힘들어하는 사람들을 힘들지 않게 힘이 되어 돕고 싶어요. 그런 면에서 제가 초심을 잃은 것 같습니다."

이 말을 듣고 나의 초심을 생각했다.

언젠가 나의 카카오톡 프로필 '나의 초심은?'을 보고 나를 가장 잘 아는 친구가 메시지를 보내 온 적이 있었다.

"너의 초심은 '남들 밑에서 일하기 싫다'였지. 그리고 '일한 만큼 벌자'로 시작됐어."

그때를 떠올리며 나는 그에게 조심스럽게 말했다.

"대표님, 제 초심을 들어 보실래요?"

그가 나를 바라보는 눈이 말똥말똥해졌다.

"제 초심은 '돈에 얽매이지 말고 일한 만큼 벌어가자'였어요. 야근을 밥 먹듯이 하고 쥐꼬리만 한 월급을 받던 과거의 회사에서 프리랜서로 전향할 때였거든요. 강사로서 7년간 제 몸값과 가치에 집중했던 것 같아요. 지난해보다 더 성장한 강사라는 인정을 스스로 하고 싶었고, 그래서 강의의 양과 질에 집착했던 것 같아요."

그는 고개를 끄덕이며 내 말에 집중했다.

"지금 생각해 보면 저의 초심은 50% 지켜지고 있는 것 같아요. 돈에 조금은 얽매이고 있거든요."

듣는 이를 빵 터트리고 싶어 하는 강사의 직업병이었다. 웃음 포인트. 나는 말을 이어 갔다.

"저는 사업을 시작한 후에도 교육자라는 사명감으로 돈보다는 교육생의 변화와 개선에 가치를 두고 창업을 시작했거든요. 전문가라는 이름으로 교육을 제안하고, 대박보다는 천천히 함께 성장하는 것을 비전으로 정했어요."

그는 나의 말을 끝까지 듣고는 말했다.

"저도 대표님처럼 사명감과 자부심을 느끼고 싶은데, 지금 돌아보니 그게 부족한 것 같아서 괴리감이 느껴지는 것 같습니다."

사명감, 자부심, 가치는 돈으로 살 수 있는 것이 아니고, 말을 한다고 해서 얻어지는 것도 아니다.

"그래도 대표님이 있기에 대표님의 플랫폼을 이용하는 고객들이 부담을 덜 가지지 않았을까요? 저라면 그랬을 것 같아요."

"꽃길을 걷자"는 표현을 많이 한다. 하지만 삶을 살아가다 보면 계획하지 않은 길에서 좌절을 경험할 때도 있고, 흔들릴 때도 있다. 아마, 그도 생각하지 못했던 고민이었을 것이다. 창업하고 앞만 보고 승승장구하며 성과를 내던 어느 날, 추상적인 가치라는 벽에 부딪히리라고 생각하지 못했을 것이다.

우리가 살아가는 세상
언제까지 항상
좋은 일만 있을 수는 없어.
때로는 길 잃은 아이처럼
당당한 세상처럼 주저앉아
이대로 세상을 포기하는지.
한두 번의 좌절 경험한 우여곡절 속에
비로소 내 자신이 커진다는 걸.

- god, 「우리」중 -

집으로 돌아온 후에 그의 말을 곱씹었다. 나는 그전까지도 그가 참 멋진 사람이라고 생각했는데, 그날 이후 그를 인간적으로 존경할 수 있게 되었다.

많은 사람이 돈을 많이 벌면 강자가 된다고 생각하고, 명예, 권력을 가지는 것을 매우 중요한 가치라고 생각한다. 하지만 창업을 하는 CEO로서 고객에게 필요한 사람이 되고, 돕고 싶어 하는 그의 가치가 참 따뜻했다.

프리랜서 강사들은 종종 강의 업계를 야생으로 표현한다. 이제 내가 한 발 내디딘 창업 생태계는 더 넓고 큰 야생일 것이다. 하지만 그와 같이 따뜻한 분이 많아지면 차갑고 냉정한 사회가 아닌 따뜻하고 선한 야생이 될 것 같았다.

나도 그를 본받아 한층 더 사명감을 가지고 교육하는 여성 CEO가 되고 싶다. 여성 CEO로서의 초심을 잡을 수 있었던 미소가 절로 나는 하루였다.

"대표님, 고맙습니다."

미스터리 쇼퍼

당신이 걸어가다가 거리에서 500만 원가량의 돈뭉치를 주웠다고 가정해 보자. 그때 두 사람이 나타났다. 한 사람은 다 떨어진 옷을 입고 더러운 운동화를 신고 어슬렁어슬렁 걸어오는 사람이고, 한 사람은 말끔하게 정장을 차려입고 미소를 지으며 자신감 있게 걸어오는 사람이다. 두 사람은 당신에게 다가와 똑같은 말투로 똑같이 말한다.

"죄송한데요. 그거 제 돈인데요. 돌려주세요."

만약에 한 사람에게 꼭 돌려줘야 한다면 당신은 누구에게 돌려주겠는가? 90% 이상의 사람들이 정장을 깔끔하게 차려입고 웃는 얼굴로 당당하게 걸어온 사람에게 돈을 돌려준다고 말했다. 이는 보이는 외적인 모습에 신뢰감을 형성할 수 있다는 결과를 보여 준다. 물론 첫 번째 사람에게 돈을 돌려주겠다고 한 사람들은 돈이 필요할 것 같아서 선심 쓰듯이 돌려준다고 했던 경우도 있었다. 또는 두 번째 사람이 사기꾼같이 보여서 꼭 돈을 돌려줘야 한다면 첫 번째 사람에게 돈을 돌려준다고 말하기도 했다. 결과야 어떻든 우리는 보이는 것에 많이 의지하고 판단한다는 것은 사실이다.

나는 이런 일을 실제로 경험한 적이 있다. 나는 공단서비스평가위원에 위촉된 적이 있다. 서비스평가위원의 임무는 미스터리 쇼퍼였다. 미스터리 쇼퍼는 지정된 장소에 가서 고객으로 위장한 후 직원의 친절도와 서비스를 평가하는 것이었다.

나는 후드티에 청바지를 입고 운동화를 신고 머리도 질끈 묶어 세상 물정 모르는 대학생의 콘셉트를 잡았다. 사무실에 들어서자마자 사무실의 한 직원이 내게 물었다.

"어떻게 오셨어요?"

무표정으로 인사 하나 없이 잡상인 대하듯이 나를 아래위로 훑어봤다. 평상시에 거짓말을 잘하지 못하는 성격이라 걱정을 했었는데 이렇게 나를 응대하는 모습을 보고 나는 오히려 더 자신감이 생겼다.

"여기서 강의를 좀 하고 싶어서요."

강사라는 것을 은근히 내비치며 웃으며 말했다. 하지만 그녀는 캐주얼한 나의 복장을 보더니 불신의 눈초리로 말했다.

"저희 여기 개인 강사는 안 쓰고요. 행사 일정 다 잡혀서 지금 일정 잡을 수 없어요."

내 말을 끝까지 듣지도 않은 채 내가 더 말하지 못하게 잘라버렸다.

"아, 그럼 여기 현장체험 같은 프로그램으로 둘러보고 싶은데 가능할까요? 저희가 프로그램을 하나 만들었거든요."

그녀는 현장체험이 가능한 공원이 소개된 팸플릿을 나에게 가져다주며 "이것 보시면 돼요. 자세한 사항을 들으시려면 안내센터에 가 보세요"라고 말하며 사무실 안으로 들어갔다. 당연히 서비스 평가 점수는 매우 낮았다.

두 번째 미스터리 쇼퍼로 방문했을 때는 머리부터 발끝까지 강사

복장을 하고 갔다. 다시 방문했던 사무실에서는 역시나 인사 없이 "어떻게 오셨어요?"라고 말했지만 확실히 처음보다 부드러워진 말투였다. 나는 '나를 알아보는 건가?' 싶었지만, 그녀는 나를 기억하지 못했다. 내가 서비스평가위원으로 왔다는 말을 듣고 사무실 이곳저곳을 보여 주며, 직원을 소개해 주었다. 여전히 무표정이었지만, 친절하다는 느낌보다는 행동이 달라진 것 같다는 느낌을 더 많이 받을 수 있었다.

세 번째는 아예 강사로 방문했다. 미스터리 쇼퍼의 영향이었을까? 나는 대우받는다는 느낌을 받았다. 강사를 직접 '모시러' 오셨고, 혹시나 불편할 수 있는 상황들을 사전에 차단했다. 계속 나의 컨디션을 물으며 상황을 개선하려 노력했다.

처음 만나는 상황에서 겉으로 보이는 이미지는 본능적으로 그 사람에 대한 태도를 만들어낼 때가 많다. 이것은 비단 복장뿐만 아니라 표정이나 하는 행동, 직업, 주변 환경 등의 영향을 받는다.

나는 할머니를 모시고 가족끼리 깃발여행을 다녀온 적이 있다. 거기는 생각보다 연령층이 높았는데 그중 할머니 관광객들이 비행기의 3분의 2를 차지했다. 그런 이유 때문인지 비행기 내는 매우 소란스러웠다. 비행기에서는 승무원들이 기내식을 나눠 주면서 음료를 물어봤는데, 나는 맥주를 시켰었다. 내가 탄 비행기에서는 맥주를 시키면 땅콩을 나눠 줬었는데 그 단체 할머니 관광객 중 한 명이 내가 땅콩을 가지고 있는 것을 보고 승무원에게 땅콩을 요청했다. 그랬더니 다른 할머니들도 너나 할 것 없이 땅콩을 달라고 했다. 할머니들 사이에서 조금 지친 기색이 역력한 승무원의 모습이 보였는데, 그때 할머니 한 분이 말했다.

"승무원 아가씨, 우리 이제 몇 분 가야 하나요?"

승무원은 할머니를 보고 충분히 연습된 미소를 보이며 이야기했다.

"30분 정도만 더 가면 됩니다."

그런 그녀를 보고 할머니는 속삭이며 이야기했다.

"아이고, 내가 비행기 한 시간을 타려고 30년을 기다렸는데, 승무원 아가씨가 이렇게 친절하니까 앞으로의 여행도 더 설레네요. 고마워요."

어떤 사정이 있었는지 잘 모르겠지만, 나는 할머니가 속삭이는 그 목소리를 듣고는 마음이 짠해졌다. 그리고 생각했다.

'누군가의 친절이 비행기를 타려고 30년을 기다린 할머니에게는 잊지 못할 추억의 시작이 될 수 있겠구나.'

사소한 친절이
누군가에겐
잊지 못할 추억이 된다면

덜 자란 어른의 감정 롤러코스터

내가 친절 서비스 마인드 교육 강사이기 때문일지 모르겠지만, 나는 그때부터 나의 미소, 나의 친절한 말 한마디가 내가 만나는 사람의 인생에 잊지 못할 기억으로 남을 것이라는 생각에 모든 행동이 조심스러워졌고 조금 더 웃게 되었다.

미스터리 쇼퍼로 간 날, 나는 직원들의 동선을 파악하고 그들의 행동을 관찰하기 위해 벤치에 앉아 있었다. 안내센터를 빠져나오던 직원에게 고객은 "사진 좀 찍어주세요"라고 요청했다. 노모와 함께 온 50대 중년의 아주머니였는데, 일하러 나가던 참이었던 그는 모든 걸 제쳐놓고는 고객에게 자세를 추천하고 더 좋은 포토 스폿으로 안내해서 그들에게 좋은 추억을 만들어 주고 있었다. 나는 그 직원을 보면서 그때 비행기 내에 있던 할머니가 생각이 났다. 어떤 사정이 있었는지는 몰라도, 아마 노모와 함께 온 딸은 친절한 그 직원 덕분에 좀 더 행복한 추억으로 자신의 인생에 남을 것으로 생각하니, 미스터리 쇼퍼로 서비스를 평가하러 온 내가 그 회사의 직원이 된 양 뿌듯했다. 의도치 않았지만, 그 직원은 나에게도 긍정적인 추억을 만들어 주었다.

선한 베르테르 효과

뉴스에 나오는 연예인의 자살 소식은 대한민국을 떠들썩하게 만들곤 한다.

10년 전 나는 호주에 있었다. 미래에 대한 행복한 내 모습을 꿈꾸고 있을 23살 때, 한 여자 연예인의 자살 소식이 들려왔다. 인터넷이 지금처럼 발달한 것도 아니었고, 한국이 아닌 호주에 있었기 때문일 수도 있지만, 개인적으로 나는 그녀의 자살에 대해 다른 사람들보다 무감각했다.

그 소식을 접하고 6개월 후 한국에 돌아왔을 때, 나는 그녀의 자살이 생각보다 베르테르 효과가 컸다는 것을 알게 되었다.

베르테르 효과는『젊은 베르테르의 슬픔』에 나오는 베르테르라는 인물로부터 만들어졌다. 사회학자인 데이비드 필립스가 20년간 자살을 연구하면서 한 유명인의 자살 사실이 언론에 보도되고 나면 모방 자살이 확산되면서 자살률이 급증하는 것을 발견한 후 만든 단어라고 한다. 실제로 그녀뿐만 아니라 유명 연예인이 자살하고 나면 그들의 팬들이 함께 자살하거나, 모방 자살이 2~3배 급증하는 현상이 일어난다고 한다.

10년 후 나 또한 그런 유명인과 같이 우울증으로 고생한 적이 있었고, 실제로 병원에서 정신과 의사에게 받았던 우울증의 처방은 고(故) 최진실, 고(故) 박용하와 비슷한 것이었다. 우울증을 겪어 보지 않은 사람은 마음의 감기이기 때문에 쉽게 치료할 수 있다고 말할지도 모른다. 하지만 내가 실제로 앓았던 우울증은 쉽게 약으로 치유되기 힘들었다.

그때 '베르테르 효과'가 생각이 났다. 개인적인 생각이지만, '나보다' 힘든 연예인이 아니라, '나처럼' 힘든 연예인이 우울증이라는 병을 앓고 죽었을 때 나도 그들과 같이 자살을 한다면 나의 죽음이 합리화될 수 있다고 생각했다. 최소한 나는 그런 생각을 했던 것 같다. 다행히도 나는 어리석은 생각을 접었고 이혼으로 아픔을 겪긴 했지만 죽자 살자 버티고 견뎠다. 돌이켜봐도 너무 아픈 나날들이었고, 후유증으로 왔던 우울증은 웃고 있었던 일상 속에서 내가 겪은 그 어떤 아픔보다 오래갔다.

최근에 아주 유명한 어린 연예인이 자신의 생을 스스로 마감했다는 기사가 났다. 사무실에서 일하느라 정신이 없던 나는 사무실 사람들의 소란스러운 소리에 집중하지 않을 수 없었다. 카카오톡에도 그 배우의 자살이 하나의 큰 이슈로 떠올랐다.

"그 배우 죽었대요. 자살이래요."

나는 평상시에 그 배우가 자기주장도 강하고, 소신 있는 매우 멋진 여성이라고 생각했는데, 그녀도 어쩌면 그 웃는 모습 속에서 이겨내려고 안간힘으로 버티는 중이었을지도 모른다는 생각이 들었다. '그 악플 속에서 얼마나 힘들었을까?' 이런 생각이 들면서도 내 입에서는 무의식적으로 이런 말이 툭 튀어나왔다.

"죽긴 왜 죽어! 어떻게든 살았어야지!"

"왜 고인한테 그래요. 굉장히 잔인하네요. 명복을 빌어 줘야지. 아무리 자살이라도!"

어쩌면 이 말은 그 당시 나 자신에게 하고 싶은 말이었을지도 모른다. 고인에게는 잔인한 말이지만, "나도 악착같이 버티면서 살고 있단 말이야. 내가 죽는다고 해결되는 건 없잖아. 힘들다고 죽으면 안 된다고, 어떻게든 견뎌서 잘 사는 모습을 보여 줘야 하는 거야"라고, 그게 선한 베르테르 효과라는 말을 하고 싶었다.

성한 베르테르 효과

인생의 희망을 가지고
살고자 의지를 불태우는 것

먼저 명복을 빌어줬어야 하는 건 맞다. 다만, 자신의 선택으로 스스로 고인이 된 그녀가 안타까웠고, 또 그녀 때문에 일어날 베르테르 효과가 걱정되었다. 자살을 선택한 그녀가 이해는 됐지만 그녀의 극단적인 선택은 아쉬웠다.

나는 또다시 나를 스스로 칭찬했다.

"너는 그래도 극복하고 있잖아. 문득 세상 사는 일이 너무 힘들고 의미 없이 느껴질 때도 있지만 잘 버티고 있고 잘 견디고 있어. 따라 죽지 말고 선한 베르테르 효과를 한 번 일으켜 보자."

죽을 듯이 힘들고 고통스러우며 내 편이 아무도 없는 현실 속에서 나는 나 자신을 스스로 지켜야 했다.

유명 연예인이 죽는다고 따라 죽지 말고, 그래도 악착같이 버티며 아픔을 승화시키는 사람들이 있다고 말해 주고 싶다. 자살하지 말고 어떻게든 살았으면 좋겠다.

그래도 도움이 필요하다면, 우울감, 고독감, 외로움 등 말하기 어려운 고민이 있거나 주변에 어려움을 겪는 가족이나 지인이 있을 때 적극적으로 행동했으면 좋겠다.[2]

---

2) 다음 번호로 전화하면 24시간 전문가의 상담을 받을 수 있다.
  1. 자살 예방 상담전화 1393
  2. 정신건강 상담전화 1577-0199
  3. 희망의 전화 129
  4. 생명의 전화 1588-9191
  5. 청소년 전화 1388

사람의 조건: 같이 살기

〈나 혼자 산다〉라는 예능 프로그램에서 허지웅 편이 방영되었다. 악성 림프종이라는 암에 걸렸던 그가 건강한 모습으로 출연해 일상을 살아가는 모습을 보여 주고 희망의 아이콘이 되는 내용이었다. 완치 판정을 받기 위해서는 5년을 기다려야 하지만 더 이상 항암 치료를 받지 않아도 된다는 희소식을 들고 나타난 것이다. 내 기억 속에 방송인 허지웅은 굉장히 비판적이고 차가운 칼 같은 이미지였는데, 아픔을 딛고 건강한 모습으로 오랜만에 TV 속에 나타난 그의 모습은 부드럽고 온화한 이미지였다. 아픔을 극복한 그는 프로그램 내용 속에서 그와 같은 아픔을 가진 사람들에게 용기를 주었다.

"많이 아팠을 때 저를 견딜 수 있게 한 건 악성 림프종 완치 판정을 받은 실제 사례였어요. 치료를 포기하지 않고 희망을 가질 수 있게 만들었습니다. 그것만큼 용기가 되는 게 없더라고요. 비인두암에 걸린 김우빈 씨가 연락이 온 적이 있어요. 남이 어떻게 아프고 어떻게 나았는지 듣는 것이 위로가 많이 돼요. 어떤 아픔인지 알기에 와 닿는 경험자의 위로와 응원이 큰 힘이 되거든요. 저도 그런 도움이 되려고 노력하고 있습니다."

그는 SNS에서 같은 병을 가진 사람들과의 소통을 통해서 그들에게 망망대해 속 한줄기 빛이 될 수 있기를 바랐다. 그리고 5년 후 완치 판정을 받은 한 환자는 "허지웅 님도 다시 봄날이 올 거라 믿어 의심치 않아요"라는 말을 보내왔다고 한다.

허지웅은 실제로 완치 판정을 받고 방송에 건강하게 복귀했는데, 아마 그 말이 희망을 선순환시킨 것은 아닐까?

우리는 신체가 아프거나 눈으로 보이는 상처의 흔적이 있을 때 걱정을 많이 한다. 실제로 허지웅 씨도 악성 림프종에 좋은 한약재를 추천받거나 민간요법을 많이 들었다고 했다. 이렇게 많은 사람의 위로와 걱정이 있음에도 아픈 것은 매우 외로웠다고 했다.

"너무 외로웠어요. 치열하게 살아오다가 갑작스럽게 찾아온 암은 일상의 소중함을 깨닫게 해 줬어요. 하지만 아플 때는 아픈 모습을 보여 주고 싶지 않았어요. 아무도 병원에 못 오게 하고 혼자서 계속 버텼어요. 42도가 넘는 고열에도 홀로 무균실에 입원도 했고요. 저는 혼자 사는 것이 익숙해서 학비, 집세, 생활비 뭐든 혼자 힘으로 해냈다는 게 자부심이고 자산이라고 생각했어요. 그런데 그게 아니었던 것 같아요. 남한테 도움을 청할 수 있는 건 용기이자 사람이 사람다울 수 있는 중요한 조건인 거 같아요." 그런데 우리는 정신적으로 힘들거나 외로움, 괴로움 등 눈에 보이지 않는 마음의 상처가 있는 사람에게는 위로와 걱정보다는 "그게 뭐가 힘들어?", "네가 약해서 그래", "울면 안 돼", "시간이 지나면 해결될 거야", "너만 힘든 게 아니야"라는 말을 하며 그들의 고통을 가벼운 것으로 치부한다.

이혼 후 혼자 살아야 한다는 막막함과 앞으로의 두려움이 컸을 때 들었던 저 말들은 나를 매우 공허하게 만들었다. 이혼의 문제가 나의 문제로만 치부되었기 때문에 나도 허지웅처럼 힘든 모습을 보여 주고 싶지 않았고, 괜찮다고 말하며 웃고 다녔다. 더 당당해지고 싶었고 아무렇지 않은 척해 왔다. 그렇게 버텨낸다는 게 나에게 이득이 된다고 생각했다. 그런데 나 또한 외로웠고, 나는 더더욱 혼자가 되었다.

그렇게 누군가가 불러 주지 않고 숨어서 지내고 있을 때, 결혼 4년 만에 이혼한 지인과 연락이 닿았다. 현명하다고 생각하며 의지하던 언니였는데, 언니의 일상을 듣고 보니, 많이 견디며 살아가고 있다는 것이 보였다. 하루는 언니가 만나고 있는 10살 어린 연하남에 관한 이야기를 듣게 되었다. 언니는 본인이 이혼했기 때문에 찾아온 사랑을 밀어내고 있었다. 그 언니에게서 혼자가 되어 가는 나의 모습을 발견했다.

"언니, 나도 그랬었어요. 내가 이혼을 했으니까 사랑을 할 수 없다고 생각했고, 나를 편견으로 바라볼까 두려워서 사랑에 당당하지 못했던 것 같아요. 밀어냈었어요. 그런데 언니, 언니 사실은 정말 사랑받고 싶고 정착하고 싶고 안정되고 싶잖아요. 그게 안 될 거라고 지레 짐작하고 두려워하고 있는 거잖아요. 저도 그랬어요. 그런데 더 외로워지고 혼자가 되더라고요. 우리 서로 의지하면서 혼자가 되지 마요. 나는 언니의 아름다운 연애를 있는 그대로 응원해요!"

내가 그 언니의 실제 사례가 되었던 걸까? 아니면, 희망의 선순환이 일어난 걸까? 나는 언니를 보고, 언니는 나를 보고 희망을 가지고 살아가고 있다.

『마음은 콩밭에 가 있습니다』에서 최명기 작가는 조엘 코엔 감독의 <오 형제여 어디 있는가>라는 영화의 도입부를 소개한다.

> "큰 보물을 찾아봐. 자네들이 같이 사슬에 묶여 있긴 하지만 그래도 찾을 수 있을 거야. 혹시 자네들이 원하는 보물이 아닐 수도 있어. 그래도 일단은 멀고도 어려운 길을 가야 해. 가는 동안 많은 것을 보게 되고 이야깃거리도 많아지겠지. 그 길이 얼마나 먼지 말해 줄 수 없지만 장애물들을 두려워하지 말게. 운명은 자네들에게 보상할 테니까. 가는 길이 굽이치고 지치더라도 포기하지 말고 따라가다 보면 결국 구원받게 될 거야."

그렇게 나는 사람이 사람답게 '함께' 살아가는 희망의 선순환을 일으키고 싶다.

이혼한 여자들

　〈다시 사랑할 수 있을까〉라는 예능 프로그램이 론칭을 한 후 그 프로그램에 관한 기사들이 연예 뉴스를 장식했다. 그날 연예 뉴스에는 7개의 기사가 떴는데, 그중 4개가 이혼한 사람들에 관한 기사였다. 더 정확히 말하면 이혼한 '여자'들에 대한 기사였다.

　물론 프로그램이 방영된 직후이기 때문에 그런 것일 수도 있었겠지만, 나는 그 뉴스 기사들을 보고 생각했다.

　'왜 이혼은 남자와 여자가 했는데, 여자들만 이렇게 이혼 이후에 프로그램에 나와서 기사화되는 걸까? 여자들과 같이 이혼한 남자들은 하다못해 '나는 괜찮다. 나는 아프지 않다. 나는 잘살고 있다'라는 말조차 하지 않고 조용히 살고 있는데.'

　그러고 보니 요즘 콘텐츠들은 '싱글녀', '이혼녀', '워킹맘' 등 사회 속에서 당당하게 살아가는 여성이라는 키워드들을 내세우고 있는 것 같았다. 사회의 트렌드인가?

　이때 나와 함께 글을 쓰고 있는 한 대표님께서 말했다.

　"우리나라의 가부장적 제도에서는 남성이 주로 직업을 가지고 있고 여성들이 주부의 일을 한다는 고정관념이 있었잖아요. 실제로 그런 생활양식 속에서 살고 있었기 때문에 최근에 바뀌고 있다는 것을 TV

에서 보여 주고자 하는 게 아닐까요? 이혼했을 때 어려워진다는 인식이 사람들이 무의식중에 있다는 것을 전제로 했을 때 사회를 살아감에 있어서 어려움이 있더라도 여성으로서 당당하게 살아갈 수 있다는 것을 문화로 바꾸자는 취지에서 기사화하고 있는 게 아닐까 하는 생각이 드네요."

만약 그의 말이 맞는다면 너무 희망적이었겠지만, 기사의 내용은 그렇지 않았다.

- '박은혜, 남자한테 사랑한다고 말할 일 다신 없어'
- '호란, 이혼 후 정체성, 자존감 부서져갔다'
- '김경란, 눈물로 속마음 고백'
- '박연수, 재혼 생각 지아, 지욱에게 처음 털어놔'

여기에 프로그램의 제목까지 〈다시 사랑할 수 있을까〉였다. 이 프로그램을 실제로 보지는 못했지만 연예계의 '핫'한 언니들의 삶과 사랑을 그려내는 여성 라이프와 리얼리티 프로그램이라는 타이틀을 걸고 있었다.

이혼하고 나서 나 또한 너무 아픈 시간을 보냈다. 그 아픈 시간을 치유하기 위해서 사람들을 많이 만났고, 나 역시 사랑받는 것을 갈구했던 적이 있었다. 지금도 정신적으로 기댈 곳이 필요하다. 이혼은 단순하게 사랑하고 헤어지는 과정보다는, 단란하고 영원할 것이라고 믿었던 가정의 파괴와 그 후 계속해서 이어지는 시선들이 남아 있기 때문이다. 스스로 당당해지는 쪽을 택했다고 해도 나 역시 따가운 시선에서 벗어날 수 없었다. 물론 덕분에 이렇게 '이혼'이라는 콘텐츠를 가지고 책을 쓰고 있지만…. 그럼 저 '핫'한 언니들도 여자로서 그럼에도 불구하고 독립적이고 홀로서기에 당당한 여성이라는 것을 보여 주기 위해서 TV 프로그램에 나오는 걸까? 개인적인 바람이 있다면 남자들의 사랑 없이 살 수 없는 여자 말고, 남자들의 사랑까지 받는 여자로 그려졌으면 좋겠다. 어쩌면 이 말들이 이혼한 여성들이 전하는 메시지에 공감하는 내가 듣고 싶은 말일지도 모르겠다.

에필로그

회식 때의 일이다.

"넌 너무 예민해. 그냥 '안 돼요', '싫어요' 하고 웃고 넘겨. 그걸 가지고 넌 옳다 그르다고 하면서 감정을 다 드러내는 것 같아."

'아휴, 내 성격 같았으면…' 하는 생각이 내면 깊숙한 곳부터 올라왔지만 참았다.

예민해질 수밖에 없었던 나날들이었다. 이혼하고 나서 가장 혹독했던 편견은 가족에서부터 시작되었다. 나 자신이 아파서 치유할 시간이 필요했을 뿐 생활하는 것은 문제없이 괜찮았고 부끄러운 것은 아니었다. 물론 가족들도 말은 괜찮다고 했지만 내 모든 결과에 대한 이유를 이혼으로 돌렸다. 내가 괜찮다고 해도 아픔을 감싸 줄 줄 알았던 가족들은 결국 스스로 극복해야 하는 하나의 단편적인 사건으로 치부했다. 원망을 많이 했었고, 그런 가족들의 태도는 사회가 나를 동정의 시선으로 바라본다는 생각에 사로잡히게 했다.

일련의 사건들로 인해 아물지 않은 상처를 안고 비즈니스를 했을 때, 아픔은 과거의 일로 생각하고 현재는 괜찮다고 생각한 나는 나 자신이 이중적이라는 것에 매우 혼란스러웠다. 그래서 말을 아꼈고, 나를 드러내고 싶지 않았다. 한편으로는 말하지 않아도 나를 이해해 주길 바랐던 것 같다. 할 말은 무조건 했던 내가 말을 아끼는 습관이 생겼다. 특히 싫은 소리를 하는 것을 자제하게 되었고, 이것 때문에 나답지 못한 생활에 점점 힘들어졌다. 말투가 공격적이었던 탓에 나의 싫고 좋음에 대한 표현은 상대에게 상처가 되었고 편안하지 못한 관계를 만들었다고 생각했다.

그래서 나는 무례하지 않게 나의 감정을 어필하는 것에 집중했다. 감정이나 자존감에 관한 책을 읽으면서 다시금 나를 훈련했다. 이혼한 후의 시간은 나를 재발견하는 훈련의 연속이었다. 하지만 이런 훈련을 할수록 나답지 못하다는 괴리감과 계속 삐걱대는 관계 속에서 답을 찾기가 어려웠다.

하나둘 떠나가는 사람들을 보면서 나는 많은 상처를 받았고 사람들이 무서워졌다. 그래서 가장 편하게 그 사람들이 원하는 사람이 되고자 했었다. 그럴수록 나는 내 사람을 갈망하고 나를 보여 줄 수 있는 사람을 찾았다. 내 마음을 이해해 주고 나를 알아봐 주는 배려 있는 사람에게 나는 의존했다. 그렇게 의존하면서 나는 또 나약한 내 존재라는 것에 공허함을 느끼는 악순환이 반복되었다. 나 자신에게 되물으면서 채찍질하던 날들이었다.

'그래서 어쩌라고?'

나는 일에 더더욱 몰두했다.

'일은 배신하지 않잖아. 성과만 내면 되잖아. 해결할 수 있는 문제들만 있잖아. 하지만 사람은 그렇지를 못해. 사람한테는 배신당하고 상처받는 일뿐이야. 내 마음대로 되는 것도 없잖아?'

그렇게 사람을 멀리하고 일 중독에 걸린 사람처럼 몸을 혹사시켰다. 그러면 나를 인정해 줄 거라고 생각했다. 일하지 않으면 불안했다. 일이 너무 힘들다는 말을 하면서도 일을 벌였다. 무언가 성과를 내거나 생산적인 일을 하지 않으면 사람에게 의존할 것 같아서 두려웠다.

악순환의 연속이었다. 시간이 없고 처내야 하는 일은 많아서 잠이 부족했고, 밥 먹는 시간도 불규칙적이었기 때문에 여러모로 사람들에게 예민해졌다.

백세희의 『죽고 싶지만 떡볶이는 먹고 싶어』에서 그녀를 진료해 준 정신과 의사 선생님은 이렇게 말했다.

"성과를 낼 때 나의 가치를 인정받고 안도할 수 있으니 의존하지만, 그 만족감 또한 오래가지 않으니 문제가 있죠. 이건 쳇바퀴 안을 달리는 것과 같아요. 우울함에서 벗어나고자 노력하지만 실패하고, 또 노력하고 실패하는 일련의 과정을 통해 주된 정서 자체가 우울함이 된 거죠. 일탈이 필요해요. 우울과 좌절의 쳇바퀴에서 벗어나려면 자신이 생각지도 못했던 일에 도전해 보는 게 좋아요. 오랜 시간 불안감을 느끼고 살았잖아요. 새로운 경험이 과거의 경험을 엎어 주기 시작하면 어쩌면 나를 바라볼 때나 사람을 대할 때 지금보다 훨씬 밝게 바라볼 수 있지 않을까요?"

결국은 나 자신을 어떻게 생각하느냐에 따라서 달라지는 것이라고 생각했다. 나는 오랫동안 그 쳇바퀴에서 벗어나려고 애쓰고 있는 것 같다. 그래서 그 의사 선생님이 이야기했던 새로운 경험들이 일 중독으로 나타나고 있는 것 같다.

'일이 과거의 경험을 덮어 주겠지?'

'일하면 가족과의 관계, 친구와의 관계, 일의 문제, 나의 불안함과 우울함의 복합적인 요소들이 지금 나를 옥죄어 오고 있지만 해결되겠지?'

돌이켜 생각해 보면 나는 어떤 일이 생겼을 때 극복하겠다는 의지가 참 강했다. 다만 극복하는 방법이 서툴러서 생각보다 오랜 시간이 걸렸던 것뿐이다. 이혼 후 우울증과 대인기피증을 극복을 위해 여러 가지 대외활동을 시도하며 많은 사람을 만났다. 20대 때 하지 못했던 대외활동을 했던 이유가 스펙 쌓기가 아닌 우울증과 대인기피증 극복을 위한 것이었다는 사실은 아무도 모른다. 확실한 건 이러한 대외활동들이 나의 아픔에 긍정적인 영향을 주었다는 점이다. 또한 나는 극복의지가 참 강한 사람이라는 것을 스스로 인정하게 된 좋은 계기였다. 이를 통해 강사이자 여성 CEO로서 자부심과 사명감을 느끼게 되면서 이것이 나를 찾아가는 과정이 되는 것 같다.

한때는 이런 내 모습이 너무 안쓰러웠다. 혹자는 너무 버티지 말라고 했고, 그냥 시간 가는 대로 놔두라고 했다. 생각을 깊이 하지 말라고 했다. 가만히 있으라고 말했다. 그렇게 애써서 잊으려 하고 잊히려 하는 생각과 행동들이 더 상처가 될 수 있다고 했다. 상처가 아물기를 기다려야 하는데 계속 움직이면 상처가 아물지 않는다고 했다. 맞는 말이다. 하지만 나는 움직이지 않으면 상처가 아무는 동안에 계속 딱지를 떼고 있었을 것 같다.

나는 지금도 나다움을 찾아가는 과정에 있다. 어떨 땐 나 자신이 매우 뿌듯했다가 어떨 때는 우울감이 극으로 치달아 눈물을 펑펑 쏟을 때도 있다. 하지만 나는 믿는다. 이렇게 버티고 견딘 나의 세월이 언젠가 나의 상처를 보듬어 주는 날이 올 것이다.

오늘은 나에게 이 말을 해 주고 싶다.

"참 잘했다!"

그리고 힘내라는 말을 참 싫어하지만 이렇게 극복하는 나를 보고 많은 사람이 용기를 얻어 꼭 힘을 냈으면 좋겠다.

"힘내세요, 여러분!"